Layout
Tilo Hertel

Für Margrit

Hannelore Uzarski

Kriegstage

Herausgegeben von

Hartwig Woting

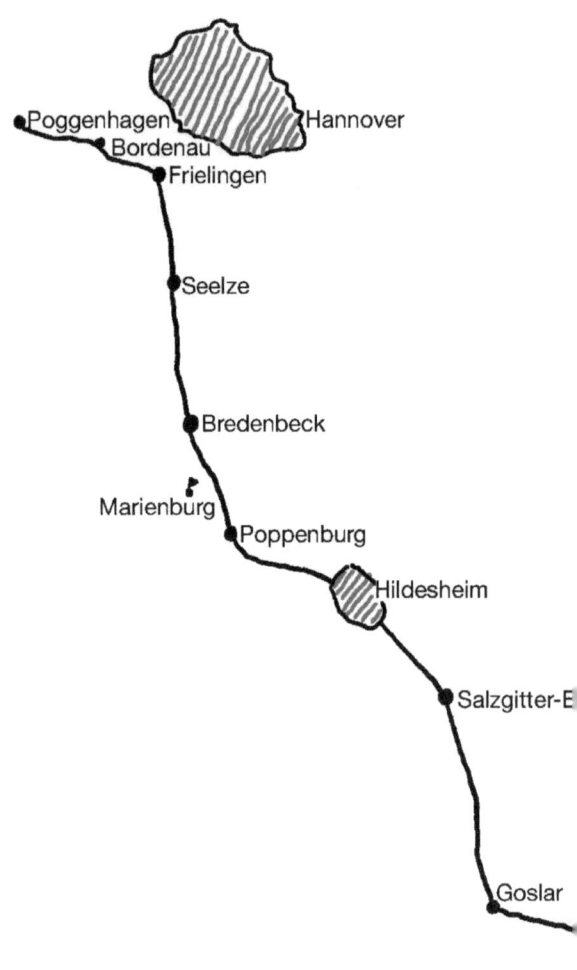

Braunschweig

Magdeburg

Richtung Hannover

Halberstadt

rzburg
Wernigerode
Blankenburg
Ballenstedt
Aschersleben
Halle

© 2022, Hannelore Uzarski

Herstellung und Verlag: BoD – Books on Demand,
Norderstedt

ISBN: 9783756857104

Vorwort

Meine Mutter Hannelore Mishal, geb. Uzarski, wurde am 9. Oktober 1924 in Mülheim/Ruhr geboren. Sie starb am 5. September 2021 in Demmin. Als Hitler an die Macht kam, war sie 9 Jahre alt, als der 2. Weltkrieg endlich vorbei war, hatte sie ihren 21. Geburtstag. Ihre Kindheit und Jugend war damit von dieser Zeit, besonders aber vom Krieg, geprägt. Sie gehört damit zu den Zeugen, die uns aus einer Zeit berichten, die wir uns nicht mehr vorstellen können. Es ist aber so wichtig, sich zu erinnern. Es gibt zum Glück viele Berichte, etwa von Franz Werfel oder Anita Lasker, von Menschen also, die unter Lebensgefahr flüchten mussten oder den Holocaust überlebten. In diesem Zusammenhang ist der Bericht von Hannelore Uzarski ein kleines Mosaiksteinchen. Wichtig aber ist er in jedem Fall, auch weil er viele Einzelheiten aus dem Alltag jener Zeit vermittelt, vom Lebensgefühl, Hoffnung und Angst.

Als Hannelore 8 Jahre alt war, antwortete sie einmal auf die Frage eines Erwachsenen, was sie denn mal werden wolle: Malerin und Dichterin. Das Schreiben war ihr ein existentielles Bedürfnis, sie schrieb schon Gedichte, als sie die Grundschule besuchte, sie äußerte ihre Gefühle in Gedichten, als sie meinen späteren Vater kennen lernte, und als er starb, entstanden auch dazu Gedichte. Sie schrieb eine Reihe von Kinderbüchern, für die sie auch Verlage fand. Ihre letzte Geschichte handelt von ihrer

Freundschaft zu einer Laufente: Benedikte oder das Jahr der Ente. Da war sie über 90 Jahre, und noch im Pflegeheim schrieb sie kleine Gedichte. Ihr kindlicher Berufswunsch hat sie somit durch ihr Leben begleitet, auch wenn der Krieg verhinderte, dass daraus ein Beruf wurde. Mit 14 Jahren musste sie ihre geliebte Schule verlassen, mit 23 Jahren heiratete sie, ohne einen Beruf erlernt zu haben. Sie wurde „Hausfrau". Und auch, wenn ich es dieser Tatsache verdanke, dass ich hier sitzen und schreiben kann, bedaure ich das doch und hätte ihr ein anderes Leben gewünscht. Ihre Kindheit verbrachte sie zunächst in Mülheim, dann in Hannover. Dort besuchte sie nach der 4. Klasse die Elisabeth-Granier-Schule, ein Mädchengymnasium. Sie war eine gute, eine begeisterte Schülerin. Der Umzug in das Dorf Poggenhagen, 25 km von Hannover entfernt, war traurig für sie. Zur Elisabeth-Granier-Schule war es zu weit, aber sie konnte die Scharnhorstschule, eine Realschule in Wunstorf, mit dem Fahrrad erreichen. Vielleicht hat dieser Umzug auch ihr Leben gerettet. Hannover wurde schon ab 1940 bombardiert. Es gab zwei „kriegswichtige" Betriebe, eine Batteriefabrik und die Continental-Gummiwerke. Im Folgenden berichtet sie über ihre Erlebnisse während der letzten beiden Kriegsjahre.Ich habe mich entschieden, ihre Aufzeichnungen unter ihrem Geburtsnamen, den man ja lange auch „Mädchenname" nannte, herauszugeben. Einmal hat sie das alles ja als Hannelore Uzarski erlebt. Und: als sie in ihren letzten Lebensjahren die von ihr verfassten Kinderbücher noch einmal zur Hand nahm, schrieb sie über den Namen „Mishal" den Namen „Uzarski". Ich möchte ihr dieses Stück Identität gern zurückgeben.

Nun soll sie aber selbst zu Wort kommen:

Als ich siebzehn Jahre alt wurde, gratulierten mir die Nachbarn mitten in der Nacht unter freiem Himmel. Das Heulen der Sirenen hatte uns aus dem Schlaf gerissen. Fliegeralarm! Nun standen wir auf dem Weg und lauschten dem unheimlichen Dröhnen oben am Himmel. Wir hatten nun seit zwei Jahren Krieg, und da oben in der Dunkelheit waren englische Flugzeuge auf dem Weg nach Hannover. In Poggenhagen gab es keinen Bunker oder Unterstand zum Schutz gegen Angriffe. Aber niemand mochte bei Fliegeralarm in den Häusern bleiben. Alle Leute kamen auf die Straße heraus oder standen in ihren Gärten, während die Bombergeschwader über uns in der Finsternis dahinzogen.

„Wie viele das heute sind," sagte jemand, „nimmt das denn gar kein Ende?"

Die armen Leute in Hannover! Die saßen nun in ihren Kellern und wussten nicht, ob sie mit dem Leben davonkommen würden. Wie gut, dass mein Vater damals diese Sehnsucht aufs

Land gehabt hatte und mit uns aus Hannover weggezogen war! Sonst würden wir auch in dieser Gefahr leben müssen.

Plötzlich erinnerte sich eine Nachbarin daran, dass ich Geburtstag hatte. Natürlich, Mitternacht war längst vorüber. Ich hatte tatsächlich schon Geburtstag, nicht erst am nächsten Morgen. Von allen Seiten wurden mir Hände entgegengestreckt. „Da gratuliere ich aber!" hieß es. Glück und Gesundheit wünschte man mir. Ich wünschte mir, dass dieser Krieg endlich ein Ende haben würde.

Am nächsten Morgen wurde der Himmel gar nicht richtig hell. Ich schaute hinaus, und es war so, als schaute ich in braunes Glas hinein. Und in dieser braunen Luft kamen lauter kleine schwarze Fitzelchen dahergesegelt. Die Luft war voll davon. Ich lief hinaus und fing so einen kleinen Fetzen ein, fand aber schon viele andere, die auf dem Weg liegen geblieben waren. Es war versengtes Papier, Fetzen von verbrannten Büchern. Ich konnte die schwarzen Buchstaben darauf lesen und erkannte staunend ein Buch, das ich selber besaß: „Das große Grab" von Erich Edwin Dwinger.

In Hannover war also in der vergangenen Nacht eine große schöne Buchhandlung verbrannt! So weit waren diese Fetzen geflogen? Fünfundzwanzig Kilometer!

Anmerkung: Es ist möglich, dass Hannelore hier den 9. Oktober 1943 meint. Das wäre dann ihr 19. Geburtstag gewesen. An diesem Tag fand der schwerste Bombenangriff auf Hannover statt. Es wurden etwa 3000 Sprengbomben, 28000 Phosphorbomben und 230000 Brandbomben abgeworfen. 1245 Menschen fanden den Tod.

Hannelore war vor drei Jahren von der Schule in Wunstorf abgegangen. Der Vater arbeitete beim Wehrbezirkskommando in Nienburg und hatte sich dort ein Zimmer nehmen müssen. Es war zu weit, um täglich hin und her zu fahren. Die Mutter arbeitete in einer Fabrik, die Bauplatten herstellte, als Sekretärin. Wer also sollte den Haushalt und die Einkäufe erledigen, wer die kleine Schwester versorgen!

Im nächsten Frühling kam meine Schwester zur Schule. Wir hatten in Poggenhagen nur eine Dorfschule. Alle Schüler saßen zusammen in einem einzigen Klassenraum, die sechsjährigen wie auch die vierzehnjährigen. Ein Lehrer war nur nötig, um sie zu unterrichten, er hieß Herr Lange.

Der erste Schultag musste doch etwas versüßt werden!

Ich nahm ein wenig Zucker, ließ ihn in der Pfanne bräunen und machte Bonbons daraus. Die nahm ich mit, als ich das Kind von der Schule abholte. Wie hat sie sich über diese Bonbons gefreut!

Von nun an wurden jeden Mittag Schularbeiten gemacht. Da war ich „Schulhelferin" genug. Später hat sie oft eine Steckrübenscheibe statt eines Schulbrotes mitgenommen für die Pause. Ich habe sie nie gefragt, was sie empfand, wenn sie die Schulbrote der Bauernkinder sah.

Ganz selten machte sich die eine oder andere Schulfreundin mal auf den weiten Weg und besuchte mich.

Anmerkung: aus der Scharnhorstschule in Wunstorf

Als Schülerinnen hatten sie ganz andere Interessen als ich. Wir hatten uns auseinandergelebt. Ellen Walbrecker war meine beste Freundin gewesen. Kein anderes Mädchen konnte so lustig sein wie sie. Wie viel hatten wir während der Schulzeit miteinander gelacht! Auch heimlich im Unterricht, hinter dem Vordermann versteckt. Sie steckte voller fröhlicher Einfälle. Als sie mich wieder mal besuchte, wirkte sie seltsam still. Es schien mir so, als wollte sie mir etwas sagen und traute sich nicht so recht. Ich fuhr ein Stückchen mit, als sie nach Hause musste. Da fragte sie mich plötzlich: „Du, sag mal, warst du schon mal verknallt?" „Nee," sagte ich ganz verdattert, „du denn?" Sie nickte und wurde brennend rot im Gesicht. „In unseren Franzosen", flüsterte sie.

„Wieso habt ihr denn einen Franzosen?"

„Der hilft meinem Vater im Geschäft," erklärte sie, „ein Gefangener." Und traurig fügte sie hinzu: „Das ist doch unser Feind."

Das war wohl traurig für Ellen. Sie liebte einen Feind. Wieso eigentlich Feind? Wenn sich zwei Menschen leiden können, sind sie doch keine Feinde! Wurde uns das eigentlich befohlen: der da ist euer Feind und der und der?

„Einmal ist der Krieg zu Ende," tröstete ich Ellen, „dann ist er kein Feind mehr."

Gefangene gab es jetzt überall. Die Russen in der Fabrik zogen unter Bewachung ins Moor, um dort zu arbeiten. Die Fabrik brauchte Torf für ihre Bauplatten. Viele deutsche Arbeiter, die das früher gemacht hatten, kämpften jetzt an irgendeiner Front. Die Russen traten an ihre Stelle. Abends wurden sie in die Fabrik zurückgebracht. Dort hausten sie in einer Baracke hinter Stacheldraht. Sie mussten wohl noch mehr Hunger haben als wir. Jemand hatte gesehen, dass sie Maikäfer von der Straße auflasen, ihnen die Hornflügel abrissen und sie aßen. Frau Hermann arbeitete auch in der Fabrik. Sie muss wohl erkannt haben, unter welchen Bedingungen die Russen dort lebten. Sie erzählte uns das mal mit Tränen in den Augen. Manchmal steckte sie den Gefangenen heimlich ein Brot zu. Das durfte aber niemand wissen. Sie vermittelte uns auch den kleinen Bollerwagen, den die Russen für uns machten, gegen Brot. Frau Hermann lebte etwas besser als wir, war Teilselbstversorger mit Schweinen im Stall. Die konnte eher mal ein Brot entbehren.

Wenn man zum Bahnhof wollte, kam man an einem einsamen Bauernhaus vorbei. Der Bauer war an der Front gefallen, und der jungen Frau hatte man einen polnischen Gefangenen zugeteilt, der ihr bei der Arbeit helfen sollte. Sie hatte ihr Herz an diesen Polen verloren, und irgendjemand war dahinter gekommen und hatte sie angezeigt. Deutsche Frauen hatten keine Ausländer zu lieben. Eines Tages wurde der Pole abgeholt, und der jungen Frau hat man alle Haare abgeschnitten.

Hannelore ist überfordert. Sie muss alles organisieren, und überall herrscht der Mangel. Dazu kommt, dass sie keine leidenschaftliche Hausfrau ist. Ihr Bericht gibt einen Eindruck, wie schwierig die Situation damals war:

Ein Holzfeuer ist ja so schnell weggebrannt. Ich vergaß oft, rechtzeitig was aufs Feuer zu legen, vor allem dann, wenn ich Gedichte schrieb. Dann dachte ich nicht daran, dass Zeit etwas ist, das einem zwischen den Fingern zerrinnt. Mit einem Mal war es kalt in der Küche, und wenn ich dann die innere Herdplatte mit einem Eisenhaken hochnahm, gähnte mir ein großes schwarzes Loch entgegen. Wenn es dann schon auf fünf Uhr zuging, packte mich das Entsetzen. Dann zerknüllte ich Papier und suchte dünne Späne zum Feuer machen, und wenn keine mehr da waren, rannte ich auf den Holzplatz und musste erst Holz schlagen und Späne machen.

Ich hatte immer Krach mit der Uhr. Die war immer weiter, als ich dachte. Das ging schon morgens los. Ein Blick zur Uhr - herrje, es war schon fast wieder zu spät zum Milch holen! Ich schnappte die Milchkanne und rannte los. Vorn an der Straße versammelten sich die Hausfrauen, und dann kam eine Bauersfrau mit dem Fahrrad angeradelt. Hintendran hing ein Anhänger mit Milchkannen. Bei den Frauen hielt sie an und gab jeder die Milch, die ihr auf ihre Karte zustand. Auch Milch war rationiert. Kam ich dann in letzter Minute angerannt, hörte ich manchmal Frau Hermann sagen: „Die denkt wohl, sie hätte mehr zu tun als wir.“

Solche Worte machten mich wütend und traurig. Ich dachte bestimmt nicht, ich hätte mehr zu tun, ich wurde nur nicht mit der Zeiteinteilung fertig, vor allem dann, wenn mir gerade ein Gedicht einfiel.

Aber das Träumen und Dichten nahm eigentlich nur einen kleinen Teil meiner Zeit in Anspruch. Wie viel Zeit kosteten allein schon die Einkäufe in Neustadt! Als meine Schwester noch kleiner war, nahm ich sie im Körbchen vorn an der Lenkstange mit. Später musste sie auf dem Gepäckträger sitzen. Im Winter wickelte ich sie erst in Zeitungspapier, ehe ich ihr den Mantel überzog. Das schützte sie etwas besser vor den Winterstürmen, die über das freie Land neben der Straße herangefegt kamen und uns den Schnee ins Gesicht bliesen. In der Stadt nahm ich sie dann vom Fahrrad und stellte sie auf den Bürgersteig. Dann schob ich das Rad, während sie sich ihre steif gewordenen Füße etwas warm laufen konnte. Vor den Geschäften mussten wir meistens lange warten. Manche Läden waren aber so geräumig, dass man sich durch die Tür drängen und drinnen warten konnte. Wie froh war ich, wenn ich alles bekam, was es auf die Lebensmittelkarten gab!

In der Mühle, in der es Schrot und Hühnerfutter gab, musste man immer schon um sieben Uhr morgens sein, sonst bekam man nichts mehr. Meistens war es Frau Hermann, die irgendwo erfahren hatte, dass es Hühnerfutter gab, und uns dann Bescheid sagte. Dann war es noch stockfinster, aber die verschneiten Straßen leuchteten hell. Wir hatten glitzerige Eiskristalle in den Haaren und an den Wimpern hängen und knallrote Backen und Nasen. Die Mühle lag unten am Leineufer, und die Menschenschlange stand bis zur Straße hinauf. Da stellte sich bald die Sorge ein, das Futter könnte ausverkauft sein, ehe man an die Reihe kam.

Der Kohlenhändler kam auch nicht mehr rausgefahren mit Pferd und Wagen. Er hatte es ja viel besser, wenn er daheim auf seine Kunden wartete. Und die kamen alle, mit dem Handwagen oder dem Fahrrad. Meistens gab es nur einen halben Zentner, denn jeder wollte was haben. Mal waren es Briketts und mal Kohlen. Es war fast eine Kunst, das alles aufs Fahrrad zu laden, die Kohlen auf dem Gepäckträger, meine Schwester vorn im Körbchen, rechts einen Drahtkorb mit Gemüse und links das Einkaufsnetz mit den anderen Sachen, sich zwischendurch zu schieben und auf den Sattel zu setzen. Wenn ich einmal saß, ging das Fahren ganz gut. Mein Gesicht glühte, wenn ich zuhause ankam, und meine Schwester weinte, weil sie kalte Füße hatte.

Dieses Leben zwischen Feuer machen, Kochen, Einkaufen und Gedichte schreiben änderte sich dann kurz vor Kriegsende. Es ist charakteristisch, dass das Nazi-Regime angesichts der immer heftiger werdenden Gegenoffensiven, der Amerikaner, der Engländer, der Franzosen und der Sowjetunion, nicht den Ausgleich, den Waffenstillstand mit den übermächtigen Gegnern suchte, sondern hektisch weitermachte, unter Ausbeutung der Kriegsgefangenen, wie wir schon gelesen haben, und unter Einbeziehung aller Kräfte aus der Bevölkerung. So begann der Flugzeughersteller Junkers in Dessau, technische Zeichnerinnen auszubilden, in Schnellkursen, als würde das immer so weitergehen. Vielleicht sollten sie ja eine „Wunderwaffe" zeichnen, von der Hitler oft sprach.

Hannelore berichtet:

Meine Mutter wollte aber nun wirklich die Büroarbeit aufgeben und wieder zu Hause bleiben. Das Jahr 1944 war schon weit über den Sommer hinaus, meine Schwester hatte im Februar ihren achten Geburtstag gehabt. Wir lasen in der Zeitung, daß die Flugzeugwerke Junkers in Dessau technische Zeichnerinnen ausbilden würden. „Das ist doch was für dich!" meinte meine Mutter. „Du zeichnest gern, und kriegswichtig ist diese Sache auch."

Ich schrieb eine Bewerbung und wurde bald darauf nach Dessau bestellt, um eine Eignungsprüfung abzulegen. Zuerst mußte ich zu unserm Bürgermeister, der mein Abgangszeugnis von der Scharnhorstschule beglaubigen mußte. Das sollte ich in Dessau vorlegen. Herr Meyer verglich die Zeugnisabschrift mit dem Original und schaute lange und ernst darauf nieder, ehe er Stempel und Unterschrift darunter setzte. Dann gab er mir beides zurück mit den Worten: „Und mit diesem Zeugnis sitzt du hier in Poggenhagen?"

Das traf. Ich fühlte mich ganz hilflos und sagte: „Ich kann doch nicht anders!" An diese Worte habe ich noch manchmal denken müssen. Hatte dieser fremde Mann erkannt, wieviele Chancen ich in meinem Leben verpaßte?

Also nun erstmal technische Zeichnerin werden. Aber später Kassel!

Anmerkung: Trotz Krieg war Hannelore vor einiger Zeit nach Kassel gefahren, um sich nach den Aufnahmebedingungen beim Konservatorium zu erkundigen. Sie hatte dem Direktor vorgesprochen, und er hatte ihr empfohlen, an der Aufnahmeprüfung (Schauspiel) teilzunehmen. Dann wurde er eingezogen. Sie standen in Briefkontakt (siehe unten).

Ich war ganz zuversichtlich, als ich bei den Herren im Zimmer saß. Ich war es einfach gewöhnt, meine Sache gut zu machen. An die sechs Jahre, die seitdem verflossen waren, dachte ich nicht. Ich wollte da wieder anfangen, wo ich aufgehört hatte. Das Diktat gelang mir ja auch, aber dann faßte mich plötzlich eine große Unruhe. Warum konnte ich diese Mathe-Aufgaben nicht lösen? Das hatte ich doch alles in der Schule gehabt! Nun waren es böhmische Dörfer für mich. Ratlos schaute ich die Herren an. „Es ist sechs Jahre her", entschuldigte ich mich. „Wenn ich erst wieder „drin" bin, kann ich das auch wieder."

Die Herren glaubten es mir, sie hatten mein Zeugnis vor sich liegen. Sie wollten noch herausfinden, ob ich räumlich denken konnte, hatten da irgendwelche Zeichnungen. Aber dann hatte ich die Prüfung bestanden. Trotzdem war ich traurig, ich hatte mich doch blamiert. Da wußte ich nicht, wie oft ich mich noch blamieren würde!

Ein paar Tage blieben mir noch. Dann sollte ich nach Ballenstedt fahren. Dort war die Schule, in der die technischen Zeichnerinnen ausgebildet wurden. Da erhielt ich aus heiterem Himmel die Aufforderung, Flak-Helferin zu werden. Was taten Mädchen bei der Flak? Munition herbeischaffen? Sie mußten doch wohl nicht schießen! Aber ich konnte dieser Behörde mitteilen, daß ich bei Junkers zur technischen Zeichnerin ausgebildet werden würde. Welch ein Glück! Flak-Helferinnen waren in großer Gefahr. Die feindlichen Flieger versuchten immer, die Flak außer Gefecht zu setzen.

Mein Koffer war gepackt mit lauter Wintersachen. Der Oktober war vorüber. Abschied von meiner Familie - dann ein überfüllter Zug. Ich konnte mich mit meinem Koffer grade so in einen Gang quetschen, und da blieb ich während der ganzen Fahrt stehen. Niemand stieg aus, nichts änderte sich. Da wird das Kreuz lahm und die Beine müde. Aber umfallen konnte ich nicht. Ich konnte nicht eine Bewegung machen, ohne an andere Fahrgäste zu stoßen. Was würde mich nun erwarten? Lehrer, Mitschülerinnen, Unterricht, ein fremdes Leben in einem fremden Haus in einer fremden Stadt. Aber es gab für mich jetzt nur diese einzige Möglichkeit, technische Zeichnerin zu werden, nichts anderes konnte ich tun.

Ich wußte, daß ich in Aschersleben umsteigen mußte. Jedesmal, wenn der Zug hielt, versuchte ich, einen Blick auf das Bahnhofsschild zu werfen.

Ich musste doch bald da sein. Gern wäre ich näher an die Tür gegangen, versuchte, mich mit meinem Koffer vorwärts zu schieben. Das störte die anderen Leute. "Warten Sie, bis der Zug hält", hieß es. "Dann steigen noch mehr Menschen aus."

Endlich hielt der Zug, aber niemand rührte sich, keiner wollte raus. „Jetzt muß ich aber durch!" sagte ich und nahm meinen Koffer hoch.

„Wir sind noch nicht auf dem Bahnsteig," sagte jemand, „Der Zug hat keine Einfahrt."

Ich konnte wegen der vielen Leute kein Bahnhofsschild sehen, mußte also glauben, daß der Zug noch außerhalb des Bahnsteigs war. So blieb ich wieder stehen und wartete. Wie lange das dauerte! Endlich ging ein Ruck durch den Zug, und er setzte sich in Bewegung.

Aber anstatt nun immer langsamer zu werden und dann im Bahnhof zu halten, fuhr er schneller und schneller. „Wann hält er denn nun endlich?" rief ich ängstlich. „Wir müssen doch nun bald in Aschersleben sein!"

„In Aschersleben? Aber da waren wir doch gerade", gab jemand aus der Menge Antwort.

Ich war ganz vernichtet. Nun musste ich bis Halle durchfahren und die ganze Nacht im Wartesaal sitzen. Der nächste Zug zurück fuhr erst in den frühen Morgenstunden. Manchmal legte ich den Kopf auf den Tisch, manchmal stützte ich ihn in der Hand. So kam der Morgen. Ganz zerschlagen stieg ich in den Zug und fuhr nach Aschersleben zurück. Hier mußte ich umsteigen in einen Zug, der nach Ballenstedt fuhr. Bald ging ich durch die hügeligen kleinen Straßen und suchte die Kügelgen-straße, fand das große Haus, in dem ich nun die nächsten Monate verbringen sollte. Fräulein Esters, die Heimleiterin, empfing mich sehr freundlich. Sie war wie eine richtige Mutter. „Ich bin ja so müde", sagte ich, „ich möchte jetzt erstmal schlafen." Sie führte mich in das oberste Stockwerk in einen großen Raum, in dem acht Betten standen, immer zwei übereinander. Acht schmale Schränke standen hier und da an den Wänden. Dann gab es noch einen Tisch mit acht Stühlen drumherum und einen Spiegel an der Wand.

Fräulein Esters deutete auf zwei Betten neben der Tür. „Die sind noch frei", sagte sie. „Suchen Sie sich eins aus. Die Mädchen sind gerade beim Unterricht."

Sie ließ mich allein. Aber ich schlief nun doch nicht. Ich sah, daß alle Betten ordentlich gemacht waren. Das Bettzeug steckte in blaukarierten Bezügen. Auf den beiden freien Betten lagen auch solche Bezüge, dazu Wolldecken und Kopfkissen. Ich wählte das obere Bett, nahm eine Wolldecke und zog den blau-karierten Bezug darüber. Dann bezog ich das Kopfkissen, legte das Bettuch auf die Matratze und stopfte alles rundum fest. Bald sah mein Bett genauso glatt und ordentlich aus wie die andern. Ich konnte nun darangehen, meinen Koffer auszupacken. Ein Schrank hieß hier „Spind", genau wie bei den Soldaten. Der Koffer war leer, nur mein Wollbäckchen, mein Teddybär, lag noch darin. Vorsichtshalber schob ich ihn tief unter die Bettdecke. Man konnte ja nicht wissen, ob die andern mich auslachen würden. Aber er machte mir dieses fremde Bett gleich etwas weniger fremd.

Irgendwo im Haus ertönte eine Klingel. Der Unterricht war zu Ende. Bald darauf flog die Tür auf, und sechs Mädchen stürmten herein. Eine stürzte gleich auf den Spiegel zu und rief: "Ich muß erstmal quetschen!" Dann begann sie, Pickel in ihrem

Gesicht auszudrücken. Das war Jutta. Sie trug eine Brille und hatte schöne wellige dunkle Haare, die sie dann eifrig bürstete. Margot war ein fröhliches blondes Mädchen mit Sommersprossen, einer lustigen Stubsnase und einem etwas zu kurzen Bein. Sie hinkte. Luise, mit braunem Haar, war sanft und freundlich, Anita hatte schon einen Beruf, war Arzthelferin und hatte eine Art, die Vertrauen weckte und Hilfsbereitschaft versprach. Sie war auch schon zwanzig Jahre, alle andern waren erst achtzehn, Abiturientinnen, hatten tags zuvor noch alle miteinander im selben Klassenraum in Zwickau gesessen. Alona war klein und mollig und äußerst apart, Helga, mit Brille und strähnigem Haar, war lang und schlank und schlaksig. Helga und Alona hatten zu Hause Gesangunterricht gehabt, hatten wunderschöne Stimmen. Das waren nun meine sechs Stubengenossinnen. Sie nahmen mich mit in den großen Eßsaal, wo schon über hundert Mädchen an langen Tischen saßen. Sie aßen alle furchtbar schnell, denn wenn man sich beeilte, konnte man sich nochmal anstellen und einen zweiten Schlag ergattern. Ich mußte das Schnellessen erst noch lernen. Waren wir angezogen, ging es wieder in den Speisesaal, Um halb sieben saßen wir auf unseren Plätzen und bekamen eine Art Grützesuppe zum Tagesbeginn. Die Suppe wurde mit einem Aufzug aus der Küche herauftransportiert, vom Küchenpersonal auf Teller gefüllt und auf die Tische gestellt. Ich hatte ja immer Hunger, mir schmeckte diese Suppe. Eines Tages beugte sich meine Nachbarin Gretel tief über ihren Teller und starrte in die Suppe hinein. Ich hatte meinen Teller schon zur Hälfte leer und fragte: „ Warum ißt du nicht? Die Suppe wird kalt."

„Ich überlege -", gab sie zur Antwort, „was für eine Spinne das sein mag. Ist es wohl eine Kreuzspinne?" Alle, die in der Nähe saßen, schrieen auf: „Wo ist eine Spinne?" Sie sprangen von ihren Stühlen auf und beugten sich über Gretels Teller. Ja, da war eine ertrunkene große Spinne in Gretels Suppe, trotz der Grütze, die sie umhüllte, war sie deutlich zu erkennen. Sie war wohl bei der Fahrt mit dem Aufzug in den Suppentopf gefallen. Da schoben alle ihre Teller weit von sich. Keiner mochte mehr von dieser Suppe essen. Man mußte eben hungrig bleiben, bis es zwei Stunden später zwei dünne Graubrotschnitten mit Marmelade gab.

Die hundert Mädchen waren in fünf Lehrgänge eingeteilt worden und saßen in fünf verschiedenen Klassenräumen. Es gab mehrere verschiedene Unterrichtsfächer. Im Zeichenunterricht lernten wir, exakte Zeichnungen herzustellen und sie mit Normschrift zu versehen. Wir zeichneten Schrauben, Lagerböcke, Grundplatten und viele andere Maschinenteile in der Draufsicht, der Vorder- und der Seitenansicht.

Dann bekamen wir Naturkundeunterricht. Ich wunderte mich, daß man uns etwas über Pflanzen beibringen wollte. Aber man erzählte uns nichts über Pflanzen, sondern über die verschiedenen Eisenteile und ihre Legierungen. Unser Lehrer in diesem Fach war ein freundlicher alter Herr, aber er war ein Sachse! Waren mir all diese technischen Ausdrücke schon ein Buch mit sieben Siegeln, so wurde das durch die sächsische Aussprache erst richtig unverständlich. Er diktierte, wir schrieben mit, und manchmal wußte ich mir nicht anders zu helfen, als daß ich wörtlich hinschrieb, was ich verstanden hatte.

Ich kam mir vor wie auf einem anderen Stern. Mein Leben wurde von Grund auf verändert, jegliche Freiheit war dahin, nur ab und zu gab es eine kleine Stunde, die sich „ZBV" nannte, zur besonderen Verwendung. Da konnte man einkaufen oder spazieren gehen, die Stadt kennenlernen oder in den Wald gehen, wo ich einen entzückenden kleinen Teich entdeckte. An seinem Ufer standen Bänke, Da konnte man sitzen und in das flimmernde Wasser träumen.

Sonst war alles geregelt und war genau vorbestimmt. Morgens um sechs Uhr schrillte eine Klingel durch jeden der Flure, danach ging Fräulein Esters von Tür zu Tür, schlug auf einen Gong und rief: „Guten Morgen! Aufstehen!"

Wir hatten alle einen hellblauen Arbeitskittel bekommen. Den zogen wir über unser Nachtzeug und marschierten schlaftrunken die Treppe hinunter in den Waschraum. Hier standen drei endlos lange Reihen von Waschbecken, und hinter jedem war ein Wasserhahn. Dahinter gab es aber noch einen Raum, den Duschraum, unendlich viele Duschen füllten ihn ganz aus. Ich hatte mich noch nie im Leben mit anderen zusammen gewaschen. Ich fühlte mich völlig verunsichert. Zögernd stand ich vor dem Duschraum und fragte ziemlich dumm: „Wie wird das denn gemacht?" Und Margot, die immer Fröhliche, antwortete höchst vergnügt: „Du ziehst dich aus und gehst da rein, so, wie dich Gott geschaffen hat!" Himmel, auch das noch! Da mußte ich ja über meinen eigenen Schatten springen! Niemand sollte erfahren, wie unangenehm mir das war. Ich nahm mich zusammen und machte alles genauso wie die andern.

Ein ganzer Raum voller nackter Mädchen! Das rauschte und platschte, und das Stimmengeschwirr und Lachen übertönte noch das Wasserprasseln, es war ein mordmäßiger Krach.

Schlimm waren für mich die Mathematikstunden. Es war leider doch nicht so, daß ich diese Aufgaben im Unterricht schnell wieder begreifen würde. Ich hatte ganz einfach ein Brett vorm Kopf, war dumm geworden in sechs Jahren Haushalt. Die Gedichte, die ich schrieb, hatten mein Denkvermögen nicht wach halten können. Das war ein bitteres Erlebnis für mich, wo ich es gewohnt gewesen war, Klassenbeste zu sein.

Nachmittags hatten wir „Werkstatt". Wir bekamen jeder ein Stück Eisen, etwas rostig und krumm. Das nannte sich U-Stahl. Wir spannten ihn in einen Schraubstock und mußten daran feilen, bis alle Unebenheiten verschwunden waren. Wenn alle Unterrichtsstunden vorüber waren, stand ich oft am Fenster unseres Zimmers. Da schaute ich genau in drei riesige, dunkle Tannen hinein, die ihre Äste und Zweige fast bis zur Hauswand ausstreckten. Ich sah zu, wenn schwarze Eichhörnchen darin herumsprangen und Kriegen spielten, wenn kleine Meisen zwischen den Zweigen herumturnten und mit hellem Gezwitscher nach Ungeziefer suchten. Abends sahen die Tannen ganz schwarz aus. Der Wind rauschte leise in den Wipfeln, und fast jeden Abend bekam ich dann Heimweh nach Zuhause, nach meinen Hühnern und Kaninchen und nach meiner kleinen Schwester.

Wieder war es ein Gedicht von Hermann Hesse, das ausdrückte, was ich empfand:

Manchmal ,wenn ein Vogel ruft

oder ein Wind geht in den Zweigen

oder ein Hund bellt im fernsten Gehöft,

dann muß ich lange lauschen und schweigen.

Oft saß ich auf meinem Bett, den Schreibblock auf den Knien, und schrieb Briefe nach Hause. Dann kam mir der Gedanke, für meine Schwester ein Märchenbuch zu machen. Meinen Tuschkasten hatte ich mitgebracht. Nun malte ich in jeder freien Minute Bilder für das Buch, machte Verse dazu und nähte alles mit Nähgarn zusammen. Die Gedanken und Gefühle, die mich in dieser fremden kleinen Stadt bewegten, versuchte ich auch mit Worten festzuhalten. „Empfindungen in Ballenstedt" nannte ich diese kleine Schreiberei.

Dem Herrn Direktor hatte ich auch mitgeteilt, daß ich nun erstmal technische Zeichnerin werden müßte. (Siehe Anmerkung oben) Er schrieb zurück, ob ich das Buch „Jugenderinnerungen eines alten Mannes" kennen würde. Das ist von Wilhelm von Kügelgen, der in Ballenstedt gelebt hatte und nach dem unsere Straße benannt worden war. Nach dem Krieg fand ich dieses Buch zufällig bei Herrn Bernhard, der nichts damit anzufangen wußte und es mir schenkte. Ich erhielt mehrere Briefe von "meinem" Direktor. Es waren Feldpostbriefe.

Unvergeßliche Abende bereiteten uns Alona und Helga. Durch sie lernte ich die schönsten Opernmelodien kennen. Der Speisesaal wurde umgeräumt, enthielt nur noch lange Reihen von Stühlen für die Zuschauer, und dann saß man wie im Theater und ließ sich verzaubern. In anderen Lehrgängen gab es auch noch Sängerinnen, auch eine ganz tolle Tänzerin, die sogar ihre Kostüme mitgebracht hatte. Einige spielten Instrumente, ein Klavier war sowieso da. Es war ganz wunderschön. Einmal wollte man es noch schöner machen. Da waren ein paar Mädchen nach Halle gefahren und hatten beim dortigen Theater Kostüme ausgeliehen. Da standen dann Don Giovanni und Zerlina in ihren glänzenden Roben, weiße Lockenperücken auf dem Kopf, und unsere Mitschülerinnen waren nicht wieder zu erkennen.

Und dann diese Melodien, diese Stimmen, die sie hatten! „Reich mir die Hand, mein Leben.." oder das Briefduett: „...ja, ja, das wird er schon verstehn."

Und dann wirbelte die kleine Tänzerin durch den Saal. War das schön! Und dann zog sie die beschwingten Kostüme aus, dafür Hosen an und ein tolles Hemd, sprang auf einen Tisch und steppte!

Nun ging es schon langsam in den Winter hinein. Täglich bestürmten wir Fräulein Esters mit der Frage: „Dürfen wir Weihnachten nach Hause fahren?"

Sie schüttelte bedauernd den Kopf. „Daraus wird nichts", sagte sie.

„Ich wäre selber gern nach Hause gefahren, nach Krefeld."

Krefeld, das war nicht weit von Duisburg entfernt. Eine Landsmännin!

Weihnachten fern von zu Hause, traurig.

Eines Morgens, als wir in den Waschraum hinuntergingen, kam uns Ingeborg aus dem Nebenzimmer entgegen. „Wißt ihr schon das Neuste?", fragte sie. „Marlene sitzt voller Wanzenstiche."

„Woher will sie wissen, wie Wanzenstiche aussehen?"

„Sie hat sie Fräulein Esters gezeigt, und die sagt, es sind welche."

„In Deutschland gibt es doch keine Wanzen!"

„Vielleicht wurden sie eingeschleppt durch Gefangene oder Fronturlauber."

Das war ja heiter! Da mochte man ja nicht mehr ins Bett gehen! Und hier hatte man so schön durchschlafen können, hier gab es keinen Fliegeralarm. Die Wanzen fanden in der nächsten Nacht neue Opfer. Sie tauchten auch noch in anderen Zimmern auf. Irgendwann würden sie auch bei uns sein. Ganz plötzlich fiel mir mein Vater ein. Hatte der mir nicht vor vielen Jahren mal was von Wanzen in Russland erzählt, als er dort in Gefangenschaft war? Nie mehr hatte ich daran gedacht. Hatte er nicht gesagt, Wanzen scheuen das Licht? Wie gut, daß mir das jetzt einfiel! Auf meinen Rat hin ließen wir jetzt jede Nacht das Licht brennen. Das störte sehr beim Einschlafen, aber wir hatten als einzige ein wanzenfreies Zimmer. Sämtliche Mädchen waren zerstochen, bis sich herumsprach, daß man nur das Licht anlassen müßte. Aber das war ja kein Dauerzustand. Gretel, die das Bett unter mir hatte, kam auf den Gedanken, sich gegen das Licht abzuschirmen. Sie klemmte allerhand Decken und Mäntel in meiner Matratze fest und ließ alles wie einen Vorhang herunterbaumeln. Dann schlief sie fröhlich dahinter ein. Sie war so glücklich über ihren Einfall, aber nur bis zum nächsten Morgen. Wir kletterten aus unseren Betten, völlig „unzerstochen", aber Gretel - sollte man es für möglich halten? Gretel saß voller Wanzenstiche! Diese Blutsauger lauerten also bei uns in den Wänden, um sich auf uns zu stürzen, wenn es dunkel war! Im Flur trafen wir Fräulein Esters. Sie zwinkerte uns so vergnügt zu! „Weihnachtsurlaub ist nicht bewilligt", erzählte sie, „aber Wanzenurlaub - den könnt ihr haben!"

Das war ein Jubel! Alles stürzte an die Koffer, um zu packen. Im Nu leerte sich das große Haus. In der Weihnachtswoche würden die Kammerjäger hier zu tun haben. Mein Wollbäckchen fuhr mit nach Hause. Der sollte nicht mit ausgeräuchert werden. Bis

Aschersleben fuhren wir alle zusammen. Dann stiegen wir um in verschiedene Züge.

Ein Mädchen fuhr nach Magdeburg, alle andern nach Sachsen, und ich nach Niedersachsen. Ich saß allein im Zug. Ein fast leerer Zug, eine Seltenheit.

An das Weihnachtsfest habe ich keine Erinnerung mehr, auch nicht an die Woche danach. Bald nahm das Leben in Ballenstedt seinen Fortgang. Jetzt ohne Wanzen. Wir konnten wieder im Dunkeln schlafen. Aber wir bekamen ein anderes Zimmer zugewiesen, eine Etage tiefer, und diesmal erwischte ich kein oberes Bett. Im Februar machten wir mit unserm Klassenlehrer Herrn Wrobel eine Wanderung in den Harz. Ich hörte, wir sollten dabei 25 km zurücklegen. Es war ziemlich kalt. Die Wege im Harz waren teilweise vereist.

Schuhe mit Winterfutter gab es noch nicht, aber ich hatte Bezugschein-Eins-Schuhe an. Die waren aus Leder. Ich besaß auch Gummischuhe zum Schutz gegen Nässe. Die wurden über die Lederschuhe gezogen und mit zwei Druckknöpfen geschlossen. Gummisohlen auf Eis- damit hatte ich noch keine Erfahrung gemacht. Die Gruppe zog sich auseinander. Wir kamen an einem Haus vorüber, oben im Wald, das hatte einen Hühnerhof. Ich mußte gleich an meine Hühner zu Hause denken und blieb stehen, um sie mir anzusehen. Sie liefen auf ihrem verschneiten Hof herum. Die anderen Mädchen gingen alle vorbei. Als ich mich umsah, waren alle verschwunden. Herr Wrobel hatte einen Weg eingeschlagen, der abwärts führte. Ich sah gerade noch ein Mädchen und beeilte mich, hinterher zu kommen. Bald stand ich an einem Abhang und schaute in die Tiefe. Einige Mädchen und Herr Wrobel gingen auf einer

Serpentine bergab. Ich sah den Weg, wie er sich bergab schlängelte. Aber andere Mädchen nahmen den Abhang als Abstieg, und weil ich die Letzte war und mich beeilen wollte, machte ich das auch. Gummi auf Eis. Eine rutschige Angelegenheit: Dazu die Hast. Rasch die anderen einholen! Eilige Schritte, wo es keinen Weg gab.

Und plötzlich hatte ich keinen Boden mehr unter den Füßen. Ganz weit entfernt durchfuhr mich ein Schreck, ich nahm ihn kaum wahr, mein Bewusstsein war davongeflogen, so, wie ich jetzt flog. Klares Denken, und jede Überlegung waren ausgelöscht. Ich versuchte zwar, wieder Boden unter die Füße zu kriegen, aber es gab eben keinen Boden, ich ruderte mit den Beinen - wo war die Erde geblieben?

Undeutlich spürte ich, daß ich mehrmals mit der rechten Gesichtshälfte gegen Baumstämme schlug. Das tat nicht mal weh. Wäre ich immer weiter gestürzt, bis dorthin, wo ein wilder kleiner Fluß durch Felsen dahinschäumte (war es die „Ilse"?) so wäre das ein leichter Tod gewesen. Aber die Serpentine kreuzte die Richtung meines Sturzes.

Da war plötzlich der Weg, und auf dem stand Anita und sah mir entgegen. Als ich sie erkannte, war mein Bewusstsein wieder da. Ich begriff plötzlich, daß ich jetzt aufhören mußte zu fallen, und der Weg war mit einem Mal unter meinen Schuhen. Die Erde war wieder da. Anita breitete die Arme aus, ich ließ mich hineinfallen und glitt zu Boden. Jetzt durchfuhr mich der Gedanke an meine Eltern. Irgendwas wie Abschied war das, und ich stöhnte: „0 Anita, irgend etwas ist geschehen."

„Ja", sagte sie, „du kamst heruntergeflogen wie der fliegende Mensch von Junkers, so mit ausgebreiteten Armen." (Junkers hatte dieses Zeichen, ein Kopf und ein Körper, und rechts und links standen die Arme wagerecht ab.)

Ich versuchte wieder zu denken, lag still auf dem Waldboden, hörte Stimmen und blickte nach der Richtung. Da sah ich Herrn Wrobel kommen und bat hastig Anita: „Zieh mal meinen Rock runter!" Denn der war hochgerutscht. Anita zog, und dann stand Herr Wrobel neben mir und fragte: „Wie geht es Ihnen?"

Da rappelte ich mich hoch. „Es geht schon wieder." Ich spürte, dass mein Gesicht brannte. Da stieg ich vorsichtig zu dem wilden Flüsschen hinunter, tauchte mein Taschentuch ins Wasser und kühlte mein Gesicht. Das Wasser war eisig kalt.

Der nächste Ort hieß ausgerechnet „Mägdesprung"!

Ich schaffte die Wanderung trotz meines „Sprunges", ich glaube, es waren noch 20 km. Im Heim kam Fräulein Esters ganz besorgt angelaufen. Sie schaute mich an. Ich hatte eine dicke, verschrammte Backe.

Am nächsten Tag hatte ich Kopfschmerzen und eine leichte Übelkeit. Vorsichtshalber ging ich zu einer Ärztin, die ihre Praxis in der Nähe hatte. Ich sah, daß sie bald ein Kind erwarten würde. Sie gab mir Tabletten gegen die Kopfschmerzen und zur allgemeinen Beruhigung. Ich schluckte sie und ging in den Unterricht. Wir hatten Naturkunde beim alten Herrn Gehring.

Bei diesen Namen fällt mir noch etwas ein. Er hatte gehört, daß ich schon Kasperpuppen geschnitzt hatte und fragte mich eines Tages, ob ich wohl für sein Enkelkind ein Püppchen machen könnte. Ich glaube, er hat dann das Lindenholz besorgt. Ich schnitzte ein Kinderköpfchen und nähte ein Körperchen dazu. Dann bekam es noch Kleider und kleine Schuhe. Woher hatte ich den Stoff? Vielleicht von Herrn Gehring, ich weiß das nicht mehr. Zum Dank schenkte er mir Schnitzwerkzeug.

Nun, jetzt hatte ich Unterricht bei ihm. Ich war ja nun gar keine Tabletten gewöhnt. Diese hatten eine merkwürdige Wirkung auf mich. Ich stand von meinem Platz auf, ohne recht zu wissen, weshalb, ging in unser Zimmer und legte mich ins Bett. Dann verschlief ich diesen ganzen Tag und noch die nächste Nacht. Irgendwann am Tag darauf wachte ich auf und hörte, daß Fräulein Esters mehrmals nach mir gesehen hätte und sehr beunruhigt war wegen meiner Schlaferei. In ihrer Sorge hatte sie die Ärztin angerufen, die ganz erstaunt war über die Wirkung Ihrer Tabletten.

Herr Gehring hatte aber mehrere Seiten voll diktiert, die ich nun abschreiben musste. Man musste das aber auch alles behalten, was man da schrieb, Mathematik kam auch noch dazu und Zeichnungen beim Heimleiter Steffen. Ich war Immer noch dabei, das nachzuholen, während die andern Mädchen schon wieder neue Seiten vollschrieben.

Ich ärgerte mich, dass ich in der Eile so geschmiert hatte und holte mir ein neues Heft, begann nochmal von vorn. Und der Kopf war nicht ganz in Ordnung. Wenn ich an die Prüfung dachte, die in wenigen Wochen sein sollte, packte mich das kalte Grausen. Das würde eine Blamage werden! Ich war unter diesen Abiturienten sowieso das letzte Licht, und das tat immer ein bißchen weh. Dieser ganze Lehrgang sollte ja nur sechs Monate dauern. Vier davon waren fast herum.

Noch war es Februar, und die andern Mädchen wollten Fasching feiern. Ich hatte gar kein Verständnis dafür. Obwohl ich aus dem Rheinland stammte, wo es beim Karneval hoch hergeht, hatte ich zu sowas keine Lust. Ich hatte auch noch nie ein Faschingsfest mitgemacht.

Mit wie viel Freude und Begeisterung machten sich die Mädchen daran, aus dem Nichts Kostüme zu beschaffen. Ich war überrascht, wie bildschön Jutta aussah als Rokokodame. Das Oberteil war nur ein seidener Unterrock. Die Träger hatte sie über die Schultern herab geschoben und einen zarten Schal als Abschluss darum gewunden. Aus ihrem Bettuch hatte sie einen weiten, faltigen Rock gemacht und in die Sitzfläche ein Kissen eingenäht, so dass der Rock dort weit abstand wie bei einer richtigen Rokokodame. Ihr langen Haare hatte sie hochgesteckt und in kunstvollen Locken festgesteckt. Ihre Brille setzte sie nicht auf, und als sie vor uns stand, war sie nicht wiederzuerkennen. Fräulein Esters kam herein, stutzte und fragte verblüfft: „Wer ist denn das?" Jutta zuckte mit den nackten Schultern und lächelte hoheitsvoll.

Helga war im ganzen Haus herumgelaufen und hatte sich Sachen zusammen geliehen, die alt und schlodderig aussahen. Sie wollte als verkrachter Maler gehen, beschaffte sich auch Pinsel und Palette und malte sich einen kühnen Schnurrbart ins Gesicht.

„Als was gehst du denn," fragte Margot mich. Sie hatte sich auch bei anderen Mädchen Sachen geliehen und ging als Matrose. „Ich gucke nur zu," sagte ich, „ich weiß nichts." Damit kam ich aber nicht durch. Ich sollte mich gefälligst anstrengen und mir ein Kostüm beschaffen. Gretel hatte sich kurze Zöpfchen geflochten und war dabei, einen ihrer Röcke am Saum umzunähen. Sie wollte als Schulkind gehen. „Nimm deinen Bettbezug," riet sie mir, „zieh einen Faden durch und kräusle ihn. Das gibt einen feinen Rock." Ich schaute meinen blaukarierten Bettbezug an. Abziehen und kräuseln - o nein! Abr es blieb mir nichts anderes übrig. Wer in aller Welt ging denn blaukariert? Da fielen mir die Holländer ein. Mit kariertem Rock, weißer Bluse und einem Häubchen, das mir Helga irgendwo im Haus besorgt hatte, war ich nun eine Holländerin. Gott sei Dank, ich hatte ein Kostüm!

Wir hatten die Mädchen aus dem Nachbarzimmer eingeladen. Nun waren wir gespannt, wie die sich wohl verkleidet hatten. Wir fielen aus allen Wolken! Herein kam ein Scheich mit seinen Haremsdamen! Ingeborg mit ihrem etwas herben, aber sehr schönen Gesicht war der Scheich. Das Gesicht war braun getönt. Gardinenringe aus Messing baumelten an ihren Ohren. Sie hatte sich aus Bettlaken ungeheuer weite Beinkleider gemacht, eine bunte Bluse dazu angezogen und glitzernden Schmuck darüber gehängt, ihre langen Haare hatte sie vollständig unter einem kunstvollen Turban verborgen. Sie war ein toller Scheich und würdevoll dazu. Die Lieblingsfrau des Scheichs war Christiane. Dieses schlanke, große Mädchen hatte gar nicht viel an. Eigentlich bestand ihr ganzes Kostüm aus lauter zarten Schals, die sie geschickt verknotet hatte. Ihr Bauch war nackt, und über den Bauchnabel hatte sie ein rotes Herz gemalt. Sie führte uns auch einen Bauchtanz vor, bei dem das rote Herz ordentlich in Bewegung geriet.

Wir hatten die Betten zur Seite gerückt und im Haus einen langen Tisch besorgt, Der war mit Tassen und Tellern aus dem Eßsaal gedeckt. Alonas Eltern in Zwickau besaßen ein Radiogeschäft. Dadurch hatten sie die Möglichkeit, rar gewordene Artikel aus ihrem Laden gegen Essbares einzutauschen. So war Alonas Mutter in der Lage gewesen,

Krapfen für uns zu backen. Es waren echte Faschingskrapfen mit einer Überraschung in der Mitte, Gretel hatte Platzkärtchen für uns gemalt. Ich war über mein Kärtchen sehr erstaunt und mußte erstmal fragen, was das bedeuten sollte. Auf der Karte war ein Stern zu sehen, der mit schüchternem Lächeln den Kopf etwas schräg hielt und ein kurzes grünes Röckchen trug, ein rotes Blüschen dazu. Was sollte diese kleine Figur mit mir zu tun haben?

„Nun, so stehst du immer", erklärte mir Gretel, „Du hältst deinen Kopf immer etwas schräg. Weißt du das nicht? Weißt du auch nicht, dass du hier im Haus den Spitznamen Sternchen bekommen hast, weil du immer alle so anstrahlst?" Nein, das alles wußte ich nicht. Ich hatte auch gar nicht gewußt, daß hundert Mädchen kritische Augen haben und ihre Kameradinnen recht genau beobachten.

Die Krapfen schmeckten köstlich. So etwas Gutes hatte ich lange nicht gegessen. Wir hatten sie aber auch vor den Ameisen in Sicherheit bringen müssen, die plötzlich in langer Heerschar durch unser Zimmer und am Schrank hinaufmarschierten. Dort hatte Alona sie aufbewahrt. Woher wußten das die Ameisen? Die ersten hatten die Tüte schon erreicht, als sie mit Entsetzensschrei entdeckt wurden.

Die Krapfen wurden zigmal mit Papier umwickelt und in einen fest schließenden Karton verstaut. So blieben sie uns erhalten. In jedem Krapfen steckte ein winziges Päckchen. In meinem ersten fand ich ein Hufeisen, im zweiten ein Pferdchen. Das paßte aber mal gut, nur, daß das Hufeisen genauso groß wie das Pferdchen war. Ich erinnere mich noch an einen besonders schönen Abend. Die Mädchen hatten in Halle im Theater

Geisha-Kostüme ausgeliehen, und unsere kleine Tänzerin studierte mit anderen Mädchen einen wundervollen, romantischen Tanz ein. Lampions leuchteten bunt dazu, und die Kostüme und die geschminkten Gesichter der Tanzenden ließen an echte Geishas denken. Ganz kurz mußte ich auch so ein Kostüm anziehen. Ich hatte einführende Worte, eine kleine japanische Geschichte dazu ausgedacht und sollte sie vor dem Tanz- auch in ein Kostüm gekleidet - den Zuschauern vorlesen.

Aber sonst ging das Leben wie gewohnt weiter. Unterricht, Werkstatt, Unterricht, Werkstatt, zwischendurch lernen und Schularbeiten machen.Morgens Grützesuppe, um zehn Uhr Marmeladenschnitten,mittags ein warmes Gericht, nachmittags Marmeladenschnitten. Für den Abend bekam jeder zwei Scheiben Brot mit etwas Wurst drauf. Jeder nahm die mit in sein Zimmer und aß sie, wann er wollte.

In Deutschland hatte sich inzwischen viel geändert. Von alles Seiten rückten die gegnerischen Truppen in unser Land ein. Das war ein unheimliches Gefühl! Um deutsche Städte wurde gekämpft! Herr Lohsen, unser Werkstattlehrer, ging oft raus aus der Werkstatt. Ich sah ihn draußen im Flur stehen, aufs Geländer gestützt und vor sich hin starren. Seine Familie wohnte im Rheinland. Und das war schon besetzt.

Eines Abends saßen wir alle im großen Essaal und hörten den „Führer" sprechen. Es herrschte lautlose Stille. Nur seine Stimme dröhnte durch den Saal und versprühte noch einmal Überzeugung auf den Sieg. Wir horchten auf, verwundert. Konnten wir wirklich noch hoffen?

Einige Mädchen frohlockten: „Der hat noch irgendwas! Der muss noch eine Geheimwaffe haben. Sonst könnte er nicht so sprechen."

Ja, wie hatten wieder Hoffnung, glaubten an ein Wunder. Wir waren kein bißchen realistisch. In den Zeitungen las man auch nur positive Nachrichten. Es klang immer so, als zögen sich unsere Soldaten wohl zurück, aber als würde in absehbarer Zeit ein gewaltiger Gegenschlag erfolgen. Auf dieses Wunder warteten wir. Wir konnten doch nicht „besiegt" werden! So etwas gab es doch nicht! Aber das Wunder kam nicht. „Im Zug der Frontbegradigung" zogen sich unsere Soldaten immer weiter zurück. Die Mädchen aus meinem Zimmer glaubten nicht mehr an den Endsieg. Sie wollten in dieser gefährlichen Zeit zu Hause bei ihren Eltern sein. Sie setzten sich zusammen und schmiedeten einen Plan. Wir sollten zu Ostern nach Hause fahren dürfen. Die Zwickauer Mädchen beschlossen, bei dieser Gelegenheit alles mit nach Hause zu nehmen, was sie hier an Eigentum hatten. Mit dem Allernötigsten an Kleidung wollten sie dann zurückkehren und bei der geringsten Verschlechterung der Lage heimlich verschwinden.

Ich sagte: „Dann seid ihr hier nicht abgemeldet und bekommt zu Hause keine Lebensmittelkarten."

„Na- und?" fragte Helga. „Wenn sowieso alles drunter und drüber geht, fragt keiner mehr danach." „Wenn alles zusammenbricht, wollen wir zu Hause sein", sagte Luise.

Ich dachte, vielleicht könnten diese Eltern ihre Kinder auch ohne Lebensmittelkarten ernähren. Meine könnten das nicht. Deshalb kam ich nicht auf solche Fluchtgedanken. Die Mädchen standen vor ihren Spinden und packten und packten. Bald waren die Spinde leer und die Koffer prall gefüllt. Ich hatte meine Winterkleidung eingepackt und wollte sie zu Hause gegen gegen leichte, dünne Sommersachen eintauschen.

Bald füllte sich der Bahnsteig wieder mit lauter fröhlichen Mädchen. Dieses Mal brauchte ich die Heimfahrt nicht allein anzutreten. Ein Mädchen aus Hannover war seit einiger Zeit in einem der späteren Lehrgänge. Gudrun hieß sie. Wir saßen nebeneinander und freuten uns auf Zuhause. Der Zug ratterte ohne Störung bis Hildesheim. Zwei Soldaten hatten sich zu uns ins Abteil gesetzt. Vielleicht hatten die Heimaturlaub? Sie unterhielten sich, und dem einen war anzuhören, daß er aus dem Rheinland war. Als der Zug in den Hildesheimer Bahnhof einlief, war es Abend geworden. Wir warteten darauf, dass die Fahrt weitergehen würde. Aber der Zug rührte sich nicht vom Fleck. Wir wurden unruhig. Was hatte das zu bedeuten? Die Soldaten ließen das Fenster runter und lehnten sich hinaus. Draußen auf dem Bahnsteig ging ein Schaffner am Zug entlang und rief, die Fahrt würde erst am nächsten Morgen fortgesetzt. Der Zug wird in der Nacht auf dem Bahnhof stehen bleiben. „Was hat das zu bedeuten?" fragte Gudrun. Der eine Soldat meinte, das hatte wohl etwas mit Fliegerangriffen zu tun. Am besten wäre es, den Bahnhof zu verlassen und ein Stück ins Land hinein zu laufen.

„Wenn eine Stadt bombardiert wird, ist es auf dem Bahnhof am gefährlichsten. Wir können ja morgen ganz früh zurück-kommen."

Wir dachten, dieser Rat wäre bestimmt vernünftig, nahmen unsere Koffer und marschierten los. Es schlossen sich noch andere Reisende an, auch die beiden Soldaten. Der Soldat mit dem rheinischen Dialekt war so nett, meinen schweren Koffer zu tragen, und sein Kamerad nahm Gudrun ihren Koffer ab.

Eine lange Straße lag vor uns. Wir gingen und gingen. Ich fragte: „Ist es denn noch nicht weit genug?" Denn ich fürchtete, wir könnten am nächsten Morgen den Zug verpassen.

Aber der Soldat schüttelte den Kopf. So weit weg wie möglich von der Stadt wäre am sichersten.

Ein Bauernhaus stand am Weg, dahinter entdeckten wir eine große Scheune. „Hier klopfen wir", sagte der Soldat.

Der Bauer kam heraus und erlaubte uns, in seiner Scheune zu schlafen. „Da liegt viel Stroh", sagte er.

Wir gingen in die Scheune, und jeder suchte sich ein Plätzchen im Stroh. Die Türe wurde geschlossen, und weil es kein Fenster in der Scheune gab, wurde es stockfinster um uns her.

Auf dem Weg hierher hatte ich mich mit dem Soldaten unterhalten, auch nach seinem Heimatort gefragt. Er war wirklich irgendwo vom Niederrhein. Ich fand es gut, nach fünf Monaten, wo ich nur sächsische Mundart gehört hatte, meinen Heimatdialekt zu hören. Vielleicht spürte der Soldat eine Freundlichkeit, die er für Interesse an seiner Person hielt. Ich verstand nichts von Männern und ihren Gedanken.

Nun lag er irgendwo in der Nähe in der Finsternis. Vorm Einschlafen flogen noch Worte hin und her. „Was ist, wenn der Zug morgen früh schon weg ist, wenn wir kommen?"

„Oder wenn der Bahnhof bombardiert wird?" „Oder wenn des Zug auch morgen nicht weiterfährt? Wer weiß schon, wo der Krieg gerade stattfindet."

Schließlich wurde es still in der Scheune. Alle versuchten, etwas Schlaf zu finden. Ich drehte mich auf die Seite, drückte meine Nase In das pieksende Stroh und wünschte mir sehnlichst, bald einzuschlafen. Morgen würde ich dann nach Hause kommen.

Plötzlich wurde ich ganz starr vor Schreck. Eine Hand tastete sich auf meiner Schulter entlang! Das konnte ich aber ganz und gar nicht leiden. Energisch schubste ich sie weg und rutschte ein Stückchen weiter, aber die Hand war hartnäckig und verfolgte mich. Sie versuchte sogar, über meine Schulter hinweg weiter vorzudringen. Ehe ich recht begriff, was ich tat, hatte ich zugeschlagen. Ich traf die fremde Hand, dass es schallend durch die Stille klatschte. Viermal schlug ich mit aller Kraft. Da glitt die Hand zurück in die Finsternis, und ich hörte Gudruns erstaunt fragende Stimme: „Was war denn das?"

Da packte mich ein Lachkrampf. Es war zu komisch gewesen, wie es plötzlich in dieser Grabesstille so mächtig geklatscht hatte. Ich preßte mein Gesicht tief in das Stroh und wurde vom Lachen nur so geschüttelt! Ich mußte mich anstrengen, nicht laut herauszuplatzen. Es sollte doch keiner merken, wie sehr ich lachen mußte. Ich wollte das ja gar nicht, aber ich konnte nicht anders. Richtig froh war ich, als es mir endlich gelang, damit aufzuhören. Ich schlief dann bald ein. Die Hand kam nicht wieder. In der ersten Morgenfrühe wanderten wir zerknautscht und mit Strohhalmen an Mantel nach Hildesheim zurück. Der Soldat nahm wieder meinen Koffer. Aber er schaute mich nicht dabei an.

Unser Zug stand noch auf dem Bahnsteig. Wir stiegen ein, und tatsächlich ging die Fahrt weiter. In Hannover stieg Gudrun aus.

Sie war am Ziel. Ich mußte noch eine halbe Stunde weiterfahren, umsteigen in Wunstorf, und dann noch mal acht Minuten.

Gudrun kehrte aus diesem Osterurlaub nicht mehr nach Ballenstedt zurück. Wie kurzsichtig waren meine Eltern! Hatten wir denn ein Brett vorm Kopf oder Scheuklappen vor den Augen?

Ich packte meine Wintersachen aus und legte sämtliche Sommerkleider, die ich besaß, in den Koffer. Trotz der Kriegszeiten besaß ich viele Kleider und Blusen. Natürlich auch Röcke. Hosen waren damals noch nicht üblich. In Neustadt wohnte eine kleine, bucklige Schneiderin. Sie war ein scheuer, liebenswürdiger Mensch, litt wohl sehr unter ihrer Verunstaltung, Fräulein Elfers hieß sie. Die nähte mir viel, machte aus Alt Neu, setzte Stoffreste zu Kleidern zusammen, und manchmal, wenn ich auf Spinnstoffpunkte neuen Stoff ergatterte, nähte sie mir auch ein funkelnagelneues Kleid.

Anmerkung: Auch Stoffe waren rationiert

Und weil ich nicht mehr gewachsen war, paßten mir meine Sachen recht lange.

Als meine Freundinnen aus Zwickau mit einer kleinen leichten Tasche aus dem Osterurlaub zurückkehrten, schleppte ich mich mit einem schweren Koffer ab.

Ballenstedt hatte uns wieder. Gespannt verfolgten wir die Lage an den verschiedenen Fronten. Kam nicht endlich die Wunderwaffe? Sie kam nicht. Statt dessen brausten Tiefflieger über das Land, schossen auf alles, was sich unten bewegte, legten Bombenteppiche unsere Städte in Schutt und Asche, rollten fremde Panzer über deutsche Straßen vor und fiel eine Stadt nach der anderen in Feindeshand.

„Es wird Zeit", sagten Helga, Alona, Jutta, Luise und Margot. „Es wird höchste Zeit! Wir hauen ab!"

Als der Abend kam, legten sie sich brav in ihre Betten. Die blaukarierten Bettbezüge zogen sie bis zum Hals hinauf, damit Fräulein Esters beim Gute-Nacht-sagen nicht merken würde, daß sie vollständig angezogen in ihren Betten lagen. Als es still geworden war im Haus, huschten sie aus ihren Betten, holten die leichten Reisetaschen aus den Spinden und sagten uns mit frohen, blanken Augen ade. Leise schloß sich die Tür hinter ihnen. Gretel, Anita und ich blieben allein zurück. Eine Flut von aufgeregten Gedanken ließ mich lange nicht einschlafen. Ich stellte mir unsere Freundinnen vor, wie sie jetzt nebeneinander im Zug saßen, froh über die gelungene Flucht. Sie hatten so glücklich ausgesehen beim Abschied, so sicher und überzeugt davon, das Richtige zu tun. Dabei hatten sie doch etwas ganz Ungeheuerliches getan, etwas Unerlaubtes, Strafbares. Und sie hatten auch noch gelacht! Hatte ich einen Grund zu lachen, weil ich folgsam hier ausharrte? Nein, und glücklich war ich wahrhaftig nicht. Die andern hatten die Freiheit gewählt, ich kam mir wie eine Gefangene vor. Handeln macht glücklich, stumpf abwarten ist schlimm. Ich beschloß, auch zu handeln. Aber ich konnte nicht einfach weglaufen. Ich brauchte eine Abmeldung, um dann in Poggenhagen Lebensmittelkarten zu bekommen. Ich mußte Herrn Steffen dazu bringen, mich gehen zu lassen. Ich wollte auch nach Hause.

Herr Steffen, unser Heimleiter, soll an nächsten Morgen sehr erbost gewesen sein über die Flucht unserer Freundinnen. Er hat das telefonisch nach Zwickau gemeldet, und die Mädchen, die gut dort angekommen waren, sind vor ein Jugendgericht gestellt worden. Wie ich später hörte, ist ihnen aber nichts Ernstliches geschehen.

Er hatte also Wut, der Herr Steffen, Und nun wollte ich auch noch eine Abmeldung von ihm haben. Ich begriff, daß er mir keine geben wurde. Ein triftiger Grund mußte her.

Mein Kopf tat weh wie so oft nach meinem Sturz, und da mußte ich ganz leise vor mich hin lachen. Da hatte ich ja meinen „Grund!" Der Sturz mußte dafür herhalten.

Als wir „ZBV" hatten, machte ich mich auf den Weg zu der Ärztin, die mich damals behandelt hatte. Ich wollte eine um eine Bescheinigung bitten, daß ich mit diesen Kopfschmerzen nicht imstande wäre, eine Prüfung abzulegen, und ohne Prüfung konnte man mich ja nirgendwo einsetzen.

Unruhig saß ich im Wartezimmer, aber doch voller Hoffnung. Was hätte sie denn für einen Grund gehabt, mir diese Bescheinigung zu verweigern? Ich wurde ins Sprechzimmer gebeten, aber hinter dem Schreibtisch saß nicht meine Ärztin, sondern ein Arzt im weißen Kittel. Ich trug ihm meine Bitte vor, erzählte ihm von dem Unfall im Harz. Er sagte: „Meine Frau liegt in der Klinik und bekommt ein Kind, ich muß natürlich erst mit ihr sprechen ... ach so - ich vergaß, meine Frau ist die Ärztin, die Sie damals behandelt hat. Ich werde Ihre Angelegenheit mit ihr durchsprechen, kommen Sie doch bitte morgen wieder."

Ich ging ins Heim zurück, meine Ärztin bekam ein Kind, ja, ich hatte es damals auch bemerkt, daß sie hoch in Hoffnung war. Nun bekam sie ein kleines Kind in dieser Zeit, wo niemand wissen konnte, ob er morgen noch am Leben war. Wie viele

Frauen wohl gerade jetzt ein Kind bekamen, während draußen auf den Straßen die fremden Panzer rollten? Wenn man ein Kind in diese Welt setzte, wollte man doch, daß es ein gutes, glückliches Leben haben würde. Was konnte man denn für diese Babys hoffen? Wo konnte man sie vor den Kämpfen oder Bomben in Sicherheit bringen? Würde man sie überhaupt richtig ernähren können?

Zwei Tage später gab mir der Arzt das gewünschte Attest. Nun lief ich schnell ins Heim zurück und klopfte an die Türe zu Herrn Steffens Büro. Ich fand nur ein Fräulein in dem Raum und trug mein Anliegen vor. Das Fräulein versprach, Herrn Steffen die Bescheinigung des Arztes zu geben. Ich könnte sie abholen, wenn er seine Unterschrift daruntergesetzt hätte. Wieder ein Aufschub! Es ging doch viel schneller, heimlich bei Nacht davonzulaufen.

Und die Stunden schlichen so langsam dahin! Gretel und Anita lernten und arbeiteten wie immer. Und all die vielen anderen Mädchen auch. In den Nachrichten hörten wir, daß Engländer und Amerikaner in Niedersachsen eingerückt waren. Da wurde es aber höchste Zeit, daß ich nach Hause kam!

Hannover liegt zu dieser Zeit, im April 1945, weitgehend in Schutt und Asche. Von den vormals 470000 Einwohnern leben noch 215000. Am 4. April 1945 verkündet der Gauleiter von Hannover, Hartmann Lauterbacher: „Wir sind gewillt und entschlossen, alle uns zur Verfügung stehenden Mittel und Möglichkeiten einzusetzen, um unsere niedersächsische Erde, unsere Frauen und das höchste und wertvollste Gut, unsere Kinder, vor dem Zugriff der Anglo-Amerikaner und der ihnen folgenden

Juden, Neger, Zuchthäusler und Gangster zu schützen. Wer weiße Fahnen hisst oder sich ergibt, ist des Todes." Danach setzt er sich vor den heranrückenden amerikanischen und englischen Truppen ab. Er arbeitet später für den Bundesnachrichtendienst im Nachkriegsdeutschland als einer von vielen „ehemaligen" Nazis.

Am 6. April treibt man 154 Kriegsgefangene (153 Männer und eine Frau) aus Russland und Polen durch Hannover. Sie werden auf dem Seelhorster Friedhof von Angehörigen der Gestapo erschossen, nachdem sie ihre eigenen Gräber ausgehoben haben.

Ebenfalls am 6. 4. wird von der SS das KZ Außenlager Hannover geräumt. Die Insassen werden auf einen Todesmarsch nach Bergen-Belsen getrieben. Über 100 Menschen werden erschossen, weil sie das Marschtempo nicht durchhalten.

Am 7. und 8. April, einem Wochenende, kommt es zu Plünderungen durch die Bevölkerung von Hannover. Die Ordnung löst sich auf.

Am 9. April spricht der Bürgermeister von Hannover, Egon Bönner, mit dem zuständigen General Paul Loehning. Er befürchtet, dass Hannover zur Festung wird und dadurch noch mehr Menschen den Tod finden. Der General stellt es daraufhin den Soldaten frei, zu fliehen oder sich zu ergeben.

Das aber betrifft nicht die SS. Am 13. 4. kommt es zu dem Massaker von Gardelegen. Die SS treibt über 1000 Häftlinge aus dem Lager Hannover-Stöcken in eine Scheune. Dort werden sie bei lebendigem Leib verbrannt.

Am 15. 4. 1945 befreien die englischen Truppen das Konzentrationslager Bergen-Belsen. Überlebende Gefangene wie die Cellistin Anita Lasker berichten, dass dieses Lager Endpunkt vieler

Todesmärsche aus anderen KZ war, auch aus Auschwitz. Anita Lasker war im offenen Güterwagen im Januar 1945 dorthin gebracht worden. Das Lager war heillos überfüllt, es gab nicht einmal genug Baracken, schon gar nicht gab es Nahrungsmittel, man ließ die Menschen sterben, sie verhungerten unter freiem Himmel, starben an Typhus. Unter denen, die nicht überlebten, war auch Anne Frank. Die noch lebten, teilten das Lager mit den Gestorbenen, die einfach liegen gelassen wurden. So fanden es die Engländer vor.

Die Mädchen aus Gudruns Lehrgang erzählten mir, daß Gudrun nach den Osterferien gar nicht mehr ins Heim zurückgekehrt war, sie war einfach zu Hause in Hannover geblieben.

Es gab doch noch Eltern mit Entschlusskraft. Meine gehörten nicht dazu.

Wieder stand ich in Herrn Steffens Büro. So eine kleine Unterschrift konnte doch wohl fertig sein.

„Es tut mir leid", sagte das Fräulein zu mir. „Herr Steffen ist heute nach Dessau abgereist."

Mir blieb fast das Herz stehen. "Und er hat nicht vorher unterschrieben?", fragte ich mit einer letzten schwachen Hoffnung. Sie schüttelte nur den Kopf.

„Und wann kommt er zurück?"

„Das weiß ich nicht."

So eine Gemeinheit! Täglich ging ich ins Büro. „Ist Herr Steffen zurück?"

Traf ich Fräulein Esters im Flur, gleich fragte ich: „Wissen Sie, ob Herr Steffen zurück ist?"

Acht Tage schlichen dahin und zogen gewaltig an meinen Nerven, und dann - endlich! endlich saß Herr Steffen in seinem Büro. Unser Klassenlehrer, Herr Wrobel, stand neben ihm. Das Fräulein legte ihm meine Bescheinigung auf den Schreibtisch. Er kniff die Stirn zusammen und blickte finster darauf nieder. Und plötzlich brach ein Donnerwetter über mich herein. Was ich mir einbilden würde, schrie er und funkelte mich böse an. Jetzt würde man Menschen mit starken Nerven brauchen, Menschen, die durchhielten, die etwas leisten würden, auf die man sich verlassen könnte. Ob ich mir einbildete, ich könnte einfach davonlaufen? So welche wie ich wären schuld, daß es so weit gekommen wäre.

Weiter und weiter schimpfte er und machte mich furchtbar herunter. Unser Klassenlehrer stand dabei und sagte kein einziges Wort. Ich schämte mich, vor seinen Ohren so angeschnauzt zu werden, Was mochte er bloß denken? Hielt er mich auch für so einen Schwächling, wie Herr Steffen behauptete?

Er war immer so nett gewesen.

Endlich haute Herr Steffen seine Unterschrift unter eine Abmeldung. Die Bescheinigung des Arztes behielt er.

War das eine Qual gewesen, sich so was alles vorwerfen zu lassen! Stumm und innerlich zitternd verließ ich das Büro mit meiner Abmeldung in der Hand. Mein Koffer stand gepackt in unserem Zimmer. Schnell verstaute ich die letzten Kleinigkeiten und meinen Teddy in einem Turnbeutel, nahm herzlich Abschied von Gretel und Anita und von Fräulein Esters und lief durch die Straßen zum Bahnhof.

Eine Anmerkung zum Teddy: Er hieß Wollbäckchen, nach einem Kinderbuch, das in den zwanziger Jahren sehr populär war. Hannelore fand ihn, als sie, achtjährig, mit ihrer Mutter ein Kaufhaus besuchte. Dieser Bär hat sie dann durch ihr ganzes Leben begleitet.

Ich erwischte einen Zug nach Aschersleben und hatte das Kapitel „technische Zeichnerin" und „Ballenstedt" abgeschlossen. Ballenstedt, liebe, kleine, hübsche Stadt! Daß dich bloß der Krieg verschont! In Aschersleben mußte ich umsteigen. Ich suchte mir den Bahnsteig nach Hannover. Viele Menschen warteten hier auf diesen Zug, viele Menschen in Zivil und eine große Schar kleiner Hitlerjungen in Uniform, sie waren kaum zehn Jahre alt. Ein Mann in SA-Uniform begleitete sie. Sie standen in Reih und Glied, sehr diszipliniert, und sprachen kein Wort. Ich hatte schon davon gehört, daß es kleine Jungen gab, die in nationalsozialistischen Schulen erzogen wurden, um zur Elite der Nation heranzuwachsen. Ob diese solche Jungen waren? Vielleicht durften sie nun endlich nach Hause zurück. Wir warteten und warteten. Der Zug hätte längst da sein müssen. Dann erschien ein Bahnbeamter und verkündete uns, dass in Richtung Hannover keine Züge mehr eingesetzt würden.

Da stand ich mit meinem schweren Koffer und meiner gültigen Abmeldung, und es fuhr kein Zug mehr. Herr Steffen hätte eben nicht acht Tage verschwinden dürfen. Vor acht Tagen fuhren noch Züge genug.

Ich packte meinen Koffer und schleppte ihn aus dem Bahnhof hinaus auf die Straße. Wie sollte ich nun nach Hause kommen? Heute macht man das per Anhalter. Damals war das nicht üblich. Ich kannte diese Art zu reisen nicht einmal, und doch bin ich an diesem Tag darauf gekommen. Neben mir stand ein junger Soldat. Er sah grau und verstaubt aus und hinkte. Er sprach mich an und sagte, er wollte nach Wernigerode, das lag in meiner Richtung. Ich erzählte ihm, daß kein Zug mehr in diese Richtung fahren würde. In diesem Augenblick hielt ein offener Lastwagen vor uns, der über und über mit Milchkannen beladen war. Der Fahrer fragte uns, wohin wir denn wollten. „Nach Hannover", sagte ich und hielt fast den Atem an. Warum fragte der das? Wollte der uns etwa mitnehmen? Er wollte! Daß es solch ein Glück gab! Aber er fuhr nur bis Wernigerode, da hatte der Soldat mehr Glück als ich. Aber ich war schon froh, überhaupt erstmal ein Stück weiter zu kommen. Wir kletterten auf den Wagen und setzten uns auf die Milchkannen. Dann fuhr der Wagen los. Die Kannen schaukelten hin und her, wir hatten Mühe, unser Gleichgewicht zu behalten. Es begann zu regnen, wir wurden durch und durch nass. Es war April und noch ziemlich kalt. Die Kannen wackelten hin und her. Wir stützten uns mit unseren Beinen ab, aber wir kamen ein Stück weiter nach Hause! Diese Freude machte das Herz warm und ließ uns die Kälte vergessen. In Wernigerode kletterten wir mit steifen Beinen vom Wagen. Nun war der Soldat zu Hause. Er hielt meine Hand und fragte, ob wir uns nicht wiedersehen könnten. Ich schüttelte verlegen den Kopf, ich wollte nicht. Ob ich schon einen Freund hätte, wollte er wissen. Ich nickte, aber ich hatte gar keinen. Ganz langsam kam ein Personenauto angefahren. Da sprang ich auf die Straße.

Der Wagen hielt, ein deutscher Major saß darin mit seinem Fahrer. Der fragte, ob ich mitfahren wollte. Ich fand es großartig, daß die Menschen in Notzeiten so zusammenhielten und einander halfen. „Ja", stieß ich eilig hervor, „wie weit darf ich denn?"

„O - wenn Sie wollen, bis Hannover." Und ob ich wollte! Dann brauchte ich ja nur noch an den Gleisen entlang zu gehen in Richtung Nienburg. Nun würde ich Poggenhagen ganz leicht finden.

Diese Fahrt war gemütlicher als die Wackelfahrt auf den Milchkannen. Ich saß auf einem weichen Polster. Der Major saß vorn bei dem Fahrer. Er fragte, woher ich käme und was ich dort getan hätte. Kilometer um Kilometer kam ich der Heimat näher. Wir ließen Hildesheim hinter uns und näherten uns Nordstemmen. Die Marienburg grüßte vom Berg herab wie ein Märchenschloss aus alten Zeiten.

Zu Hildesheim ist eine Anmerkung nötig: Zwischen dem 4. und 6. April werden alle Insassen des dortigen Gestapo-Gefängnisses erhängt.

Der kleine Ort, den wir durchfuhren, hieß Poppenburg. Da bremste der Fahrer plötzlich scharf. Ich vernahm einen seltsamen Brummton, ein fremdes Geräusch, unheimlich, anhaltend, die Luft war voll davon. Da wandte sich der Major zu mir um und sagte höflich bedauernd: „Liebes Fräulein, jetzt müssen Sie aussteigen und allein versuchen, nach Hannover zu kommen. Ich muß umkehren. Da drüben fahren amerikanische Panzer.

Da stand ich mit meinem Koffer In der Hand auf der Straße, und hinter einem Feld auf einer anderen Straße fuhren Panzer, unheimlich anzusehen, einer hinter dem andern. Was nun?

Vor dem nächsten Haus stand ein junges Mädchen. Ich ging zu ihr hin und erzählte ihr mein Missgeschick. Sie war eine Deutsche aus Polen, sprach mit fremdem Akzent. Sie hieß Marie. Sie sagte, ich sollte erstmal hereinkommen, gab mir ein Stück Brot. Das war seit der frühen Morgenstunde das Erste, was ich in den Magen bekam. Es war Abend geworden. Ich blieb in Poppenburg. Am nächsten Morgen wollte ich zusehen, wie ich weiterkam. Wir saßen noch so friedlich in Maries Küche, da ging es draußen wie irre - tak, tak, tak, tak, tak. Und immer mehr und schneller, und es krachte und rumste.

„Die schießen", sagte ich erstaunt. „Wo mag das sein? In der Nähe etwa?"

Marie schoss von ihren Stuhl hoch, „Komm mit", sagte sie und eilte zur Tür, „Wir wollen in die große Scheune." Ich folgte ihr draußen durch die Dunkelheit. Es war nicht weit.

In der Scheune saßen mehrere Frauen von Poppenburg. Sie fühlten sich hier in der Gemeinschaft sicherer als allein in ihren Häusern. Ich sagte ihnen, daß ich schon den ganzen Tag unterwegs war und nach Hause wollte, Wir legten uns alle ins Stroh.

„Schlafen Sie mal ein bißchen", sagte eine der Frauen. „Sonst sind Sie morgen früh halbtot."

„Ich glaube nicht, daß ich schlafen kann", meinte ich, machte aber doch meine Augen zu. Ich horchte auf die Geräusche, die die Nacht draußen so fremd und feindlich machten. Eine Nacht in Deutschland, aber gehörte uns Deutschland noch? Die, die da mit ihren Panzern ratterten, die hatten es doch erobert.

Die Frauen glaubten, ich wäre eingeschlafen. „Da dachte sie, sie könnte nicht schlafen, und nun schläft sie schon" sagte eine, und dann schrieen sie alle gellend auf. „Mein Gott", dachte ich, „was ist denn nun schon wieder?" Ich war nun wirklich müde geworden und machte nur mühsam meine Augen auf. Eine große Ratte sprang über meine Beine hinweg und verschwand irgendwo im Stroh. Darum hatten sie so geschrien!

Die Ratte störte mich nicht. Nun wollte ich wirklich schlafen.

Am nächsten Morgen ging ich mit Marie zurück in ihre Küche. Mitten darin stand mein großer, schwerer Koffer. Es wurde mir klar, daß ich dieses Ungetüm nicht weiter mit mir herumschleppen konnte, nun mußte ich mich ja wirklich zu Fuß nach Hause durchschlagen.

„Darf ich den Koffer bei dir lassen, Marie?" bat ich das Mädchen. „Wenn die Zeiten wieder friedlich geworden sind, komme ich zurück und hole ihn ab. „Natürlich", sagte sie. Aber der Sommer würde kommen, ob nun Krieg war oder nicht, und alle meine Sommerkleider lagen hier im Koffer.Ich mußte doch irgendetwas anziehen können, wenn es draußen warm wurde.

Ich beschloss, so viele Kleider wie möglich übereinander anzuziehen. Zuerst die etwas engen und dann die weiten, lockeren. Eins nach dem andern streifte ich über den Kopf. Ich schaffte sieben Stück und noch zwei Sommermäntel. Marie sah lachend zu. Die Gummischuhe hätte ich auch gern mitgehabt. Bei Regenwetter waren sie so gut.

Ich zog sie auch noch an. Dann steckte ich etwas Unterwäsche in meinen Turnbeutel, in dem schon mein Teddy saß, und dann verabschiedete ich mich herzlich von Marie. Einen bedauernden Blick warf ich noch auf meinen Koffer. Er war uralt und ging nicht abzuschließen. Ob Marie ehrlich war? Sie wirkte so sanft und nett.

Wieder stand ich auf der Straße, ich wußte die Himmelsrichtung, in der Hannover lag. Ich wollte querfeldein gehen und die Straßen den Panzern überlassen. Dann würde ich wohl nirgendwo ein Straßenschild finden, nachdem ich mich richten konnte.

Der schmale Fluß, der Poppenburg durchquerte, mußte wohl die Leine sein. Ich mußte auf das andere Ufer hinüber und wandte mich der Brücke zu. Was hatten die besorgten Einwohner von Poppenburg denn hier für ein Bauwerk errichtet? Bäume und Balken versperrten mir den Weg, eine Panzersperre? Nur mit einem Turnbeutel in der Hand konnte ich ganz leicht hinüberklettern.

In sanftem Bogen führte die Straße auf einige Gehöfte zu. Es war ganz still in dieser Morgenstunde, die Welt war wie ausgestorben. Kein Mensch und kein Tier ließ sich blicken, oben auf dem Berg lag die Marienburg im Sonnenlicht, es war ein richtiger Frühlingsmorgen. Plötzlich brach ein ungeheures Getöse los. Es krachte ganz schnell hintereinander, und mit jedem Knall sah ich etwas zur Marienburg hinauffliegen, von Rauchwolken begleitet, Wurde die Marienburg beschossen? Das mußten doch Geschosse sein! Sie war aber nicht getroffen worden. Ich sah sie unversehrt auf ihrer Anhöhe stehen. Schon wollte ich weitergehen, da knatterte es noch viel lauter, scheußlicher und näher. Das kam aus der Luft. Ich blickte hoch und sah zwei Flugzeuge, die sich jagten und wild aufeinander schossen. Ich konnte in der Kanzel des einen den Kopf eines Mannes erkennen. Sie kurvten über mir herum, flogen gar nicht weiter, und schossen und schossen. Jetzt hatte ich zum ersten Mal richtig Angst.

Dicht neben der Straße stand ein kleines Gebäude. Es sah fast wie eine winzige Kapelle aus oder wie ein Denkmal, das man für jemanden errichtet hatte. Ein hoher Zaun aus Eisenstäben schloß es ein, schützte es vor ungebetenen Eindringlingen. Ich versuchte aber, einzudringen, wollte mich hinter diesen Mauern in Sicherheit bringen. So viel ich auch rüttelte an dem Tor, es ließ sich nicht öffnen. Die beiden Flugzeuge waren so dicht über mir, daß ich den Kopf eines Mannes in der Kanzel erkennen konnte. In meiner Erinnerung blieben sie eine Zeitlang über mir, schossen wie die Wilden aufeinander, und ich sank hinter einen kleinen Strauch, der dürr und noch ohne Blätter an Wegrand stand. Ich duckte mich tief und starrte dabei entsetzt nach oben. Endlich raste das eine Flugzeug davon, und das andere verfolgte es in die Wolken. Da rappelte ich mich hoch und rannte die Straße entlang zu einem Bauernhaus. In der offenen Haustür stand ein junger Mann mit einem Fernglas in der Hand. Der hatte mich beobachtet, hatte mein Gesicht ganz dicht vor sein Glas gekriegt mit all der Angst darin, und das gefiel mir gar nicht. Aber für Empfindlichkeiten war jetzt keine Zeit. Er hatte es ja auch nicht böse gemeint. Ich erfuhr, daß er auch nicht in dieses Bauernhaus gehörte, daß er ein Soldat war, der Zivilkleider angezogen hatte. Die hatte er bei der Bauersfrau gegen Zigaretten eingetauscht. Er fragte, wohin ich wollte.

Ich antwortete: „Bis hinter Hannover."

„Ich will nach Bremen", sagte er. Er hätte für seine Kompanie Zigaretten holen müssen. Hinter ihm stand ein großer Rucksack, der war vollgepackt mit Zigaretten. Das Auto, das ihn zurückbringen sollte nach Bremen, war angesichts der Panzer umgekehrt wie mein Major, und er wollte sich nun zu Fuß durchschlagen. Ich freute mich, hatte einen Weg-genossen gefunden. Zu Zweien geht es sich leichter. „Wollen wir los?" forderte ich ihn auf, denn ich war ja bis jetzt nicht weit gekommen. Aber er zauderte noch, sagte: „Ich will noch warten." Worauf nur? Es war doch noch so weit!

Da hörte ich plötzlich wieder dieses bekannte Dröhnen vom Abend zuvor. Und richtig, da fuhren die Panzer wieder, hinter dem Feld auf der Straße. Der Bauer kam aus dem Haus und ging bis zum Feldrand. Sonst war diese Straße ganz menschenleer, die Anwohner schauten sich diese ratternden Ungetüme wohl lieber durchs Fenster an.

Ich folgte dem Bauern, ich wollte sehen, wie ich am besten weiterkam. Ich hatte keine Lust, hier untätig herumzustehen.

Der Bauer hatte auch ein Fernglas und nahm es vor die Augen.

Er schaute sich die fremden Panzer an und sagte: „Ich glaube, es sind Schwarze dabei." Ich überlegte, was ich nun tun sollte, da hörte ich einen hellen Pfeifton, und gleichzeitig spürte ich einen scharfen Luftzug, der mein Gesicht streifte.

„Was war das?" fragte ich verwundert.

„Die schießen!" rief der Bauer, „nichts wie weg hier!"

Warum schossen die auf ein Mädchen mit Turnbeutel? Und der Bauer hatte auch nichts in der Hand, was ihnen gefährlich werden konnte.

Wir gingen rasch zu seinem Haus zurück. Nun wartete ich auch, bis die Panzerkolonne verschwunden wer Aber dann fing ich wieder an zu drängeln. „Kommen Sie doch mit!" Und er stand und stand, schaute über die Felder und konnte sich nicht entschließen.

„Nun ist schon der halbe Tag vergangen", sagte ich, „und immer noch sehe ich da oben die Marienburg."

Endlich entschloss er sich zu gehen. War ich froh! Er gab der Bäuerin noch Zigaretten, dafür kochte sie ihm eine Menge Hühnereier. Und dann zogen wir los, quer über die Felder.

Nach kurzer Zeit näherte sich auf einer anderen Straße eine neue Panzerkolonne. Wir waren mitten auf einem Acker, und der Soldat griff verstohlen in die Tasche und ließ einen Revolver zu Boden fallen. Dabei ging er ruhig weiter und tat wie ein harmloser Wandersmann. „Ich weiß nicht, was sie mit mir machen würden, wenn sie den Revolver bei mir fänden", murmelte er.

Die Kolonne verschwand um eine Wegbiegung, da blieb er plötzlich stehen. „Ich kehre um und hole ihn mir wieder", beschloß er. „Es ist besser, einen bei sich zu haben." Wir gingen in unseren Fußspuren zurück. Da lag der Revolver. Er bückte sich, hob ihn auf und steckte ihn in seine Stiefelschäfte.Als wir einen Wald erreichten, machten wir eine Pause. Der Soldat gab mir eine Schnitte von seinem Brot ab und eins der gekochten Eier. Ich selber hatte ja gar nichts zu essen bei mir. Ich hatte auch nicht viel Hunger. Mich trieb es nur vorwärts, nach Hause, es war so, als hätte ich nur noch dieses eine Gefühl - weiter, weiter, und Hunger und Müdigkeit gab es nicht mehr.

Der Tag wurde warm. Die Sonne schien vom wolkenlosen Himmel. Ich wanderte durch Wiesen und Felder mit meinen sieben Kleidern und zwei Mänteln, die schweren Überschuhe an den Füßen. Da bekam ich großen Durst. Wir kamen an einen

Straßengraben. Zaudernd blieben wir stehen. Es war nicht gesund, aus stehenden Gewässern zu trinken. Es konnte ja auch irgendwo ein totes Tier darin liegen, und wir wußten es nicht. Aber der Durst war zu groß. Nur einen kleinen Schluck wollten wir trinken. Wir schöpften etwas Wasser mit der hohlen Hand. Es schmeckte nach grünem Gras, und das wuchs ja auch darin. Und dann gingen wir weiter. Mein Begleiter war sehr still. Aber bei unserer nächsten Rast begann er von sich zu erzählen. Daß er Herbert Böttger hieß, hatte er mir anfangs schon gesagt. Nun erzählte er von seiner Frau. Sie war Norwegerin. Er sagte, sie wäre wunderschön. Aber sie wohnte mit den beiden kleinen Kindern, die sie hatten, irgendwo im Osten Deutschlands. Er sagte: „Und da ist schon der Russe." Darum war er so schweigsam! Er machte sich Sorgen. Er hatte Kummer.

Er schaute mich plötzlich ganz verzweifelt an. "Wenn die Russen sie überfallen, nimmt sie sich das Leben." „Und die Kinder?!", fragte ich entsetzt. „Die nimmt sie mit", sagte er leise, „sie gehen ins Wasser."

Wie traurig war dieser Mann und so voll Angst! Ich sagte: „Vielleicht ist sie geflohen, ehe die Russen kamen." Wir gingen nun eine große Strecke auf einer Landstraße, nicht mehr querfeldein. Da ballerte plötzlich wieder etwas los, machte wahnsinnigen Krach. „Das ist unsere Flak", sagte der Soldat. Er sah sich um und meinte: „Die ist nur hundert Meter weg von uns."

Der Lärm war ungeheuer. Um uns herum rieselte es Flaksplitter. Klick - klick - fielen sie rundum auf die Straße. Uns hat keiner getroffen.

Der Soldat hatte meine Hand ergriffen und hielt sie fest, während wir weitergingen. Warum schoss die Flak? Dann mußten doch irgendwo am Himmel feindliche Flugzeuge sein.

Ich begriff, daß auch die Marienburg nicht beschossen worden war, unsere Flak hatte auch da auf Flugzeuge geschossen. Als der Lärm aufhörte, ließ der Soldat meine Hand wieder los. „Das war nur - falls Sie sich fürchten", sagte er. Es klang wie eine Entschuldigung. Ich hatte mich aber gar nicht gefürchtet, trotzdem war es sehr nett, daß er mir hatte helfen wollen.

Aus einem Seitenweg kamen zwei andere Soldaten auf uns zu. Sie begleiteten uns ein Stück. Dann gingen sie hinter uns her. Schließlich rief der eine: „Geht ihr immer so schnell?" und dann blieben sie weit hinter uns zurück.

Auf einem Straßenschild lasen wir, daß wir nach Bennigsen kamen. Ein Bauer stand mitten auf der Straße. „Hier ist noch Deutschland", rief er uns entgegen. „Dort drüben ist schon Amerika!"

Die Straße gabelte sich hier, und wir blieben lieber in Deutschland. Das paßte besser in unsere Richtung. Gegen Abend näherten wir uns Bredenbeck.

„Ich habe gehört, daß hier Schnaps gebrannt wird", sagte Herbert Böttger. Zwei Männer, die auf der Straße standen, fragten uns, woher und wohin. Der eine lachte. „Gestern abend kamen Soldaten zu uns", erzählte er. „Die wollten unseren Ort verteidigen. Wo verteidigt wird, wird auch geschossen. Wir haben ihnen Schnaps gegeben, und sie tranken mehr, als sie vertrugen. Als sie im Graben lagen und schliefen, haben wir Ihnen einfach die Waffen und die Panzerfäuste weggenommen.

Die haben heute morgen schön dumm aus der Wäsche geguckt! Dann sind sie verschwunden."

„Und unsere Häuser stehen noch, Gott sei Dank!" sagte der andere.

„Und wir leben noch, Gott sei Dank", ergänzte der erste.

Aus einer Seitenstraße kam eine Krankenschwester, Sie war nicht mehr ganz jung und zog einen schweren Handwagen. Wir halfen ihr, den Wagen zu ziehen, und sie wollte natürlich wissen, warum wir zu Fuß unterwegs waren. An diesem Tag wollten alle Leute, die wir trafen, wissen, weshalb wir unterwegs waren. Jeder nahm Anteil und wünschte uns eine gute Heimkehr. Die Schwester hörte sich unsere Geschichte an. Dann sagte sie: „Es wird bald Nacht, Ihr könnt doch nicht immer so weiterlaufen, übernachtet bei uns. Wir haben hier eine Ausweichklinik vom Annastift, aus Hannover. Hier liegen Kinder , die Knochentuberkulose haben. Wir haben sie hier herausgebracht, wegen der vielen Angriffe auf Hannover. Hier haben sie es viel ruhiger. Für euch zwei habe ich schon noch Platz. Morgen früh könnt ihr weitergehen."

Wie nahmen diesen Vorschlag an und gingen mit. Die Schwester führte mich in einen Saal, in dem viele Betten standen. Darin lagen die kranken Kinder still und geduldig.

Sie lagen alle auf dem Rücken. Die Schwester erzählte mir, dass man bei Knochentuberkulose hart liegen müsste, deshalb hatte man Holzbretter anstelle der Matratzen hineingelegt.

Ich ging an den Betten entlang und nickte den Kindern herzlich zu. Wie traurig mussten sie sein, hatten eine schwere Krankheit, lagen auf Holz und waren weit weg von Vater und Mutter und ihrem Zuhause. Wie schafften sie es nur, so still und geduldig auszusehen! Sie hatten bestimmt Heimweh und Schmerzen, und wahrscheinlich hatten sie auch Angst, denn das Schießen hörte man ja auch in diesem stillen Zimmer. Als ich an das nächste Bett kam, schoss das Büblein, das darin lag, in die Höhe und strahlte mich an. Ich erschrak und fragte: „Musst du denn nicht liegenbleiben?" Aber es schüttelte den Kopf und sagte: „Nein, brauch ich nicht mehr. Ich bin wieder gesund. Morgen kommt meine Mama und holt mich."

„Das ist aber schön!" freute ich mich mit ihm, „wie heißt du denn?" „Ernstchen", sagte es, „ich bin schon vier Jahre alt.... Erzählst du mir was?" Seine kleinen Hände griffen in meine Kleider und zogen mich auf die Bettkante herunter.

„Was soll ich dir erzählen?" Ich überlegte. „Vielleicht etwas von einem Jungen, der auch zu seiner Mutter nach Hause ging?"

Der Kleine strahlte. „Au ja, genau wie ich. Morgen gehe ich nach Hause!"

„Der Junge, von dem ich dir erzählen will, hatte eine Mutter sieben Jahre nicht gesehen."

Nun erzählte ich ihm das Märchen von Hans im Glück, ich sprach so laut, da alle andern Kinder mit zuhören konnten. Ich hatte den Eindruck, dass es ihnen Freude machte.

„Schade, dass er alles verloren hat", sagte ein kleines Mädchen.

„Wenn er doch irgendetwas mit nach Hause gebracht hätte!"

„Ich glaube, die Mutter war schon glücklich, dass sie ihren Jungen wieder hatte, ob er nun was mitbrachte oder nicht. Meinst du nicht auch?!"

„Noch eine Geschichte", rief Ernstchen. Die Schwester war unbemerkt hereingekommen.

„Nein, nein", sagte sie. „Nun lasst ihr das Fräulein mal hübsch in Ruhe. Sie hat nämlich Hunger und muß erstmal was essen." Sie führte mich in einen andern Raum, wo ein Tisch gedeckt war. Der Soldat saß schon dort und hatte auf mich gewartet.

Die Schwester hatte im Dorf etwas gehamstert für die kranken Kinder, und für uns fiel nun auch etwas ab. Dann zeigte sie mir, wo ich schlafen konnte. Es war ein Sofa in einem kleinen Raum. Ich zog die gräßlichen Überschuhe aus. Die waren eng, heiß und schwer gewesen an diesem langen Wandertag. Dann schlupfte ich aus den sieben Kleidern und schlief bald auf dem Sofa ein. Sehr früh am andern Morgen wachte ich wieder auf. Ich wollte weiter, wollte endlich zu Hause ankommen.

Ich wusch mich und zog meine Kleider wieder an. Auch die Schuhe zog ich wieder an, aber das fiel mir schwer. Die Füße taten mir weh. Dann ging ich in die Küche, wo die Schwester schon den Tisch gedeckt hatte. Der Soldat schlief noch. Ich aß ein wenig und half der Schwester dann, das viele Geschirr abzuwaschen. Meine Ungeduld wuchs.

Warum schlief er so lange?

„Wir könnten schon so viel weiter sein", seufzte ich. „Käme er doch endlich!"

Aber es dauerte noch ziemlich lange, bis er endlich erschien. Wir bedankten uns herzlich bei der freundlichen Schwester, wünschten ihr und den kranken Kindern alles Liebe und Gute, und der Soldat ließ ihr noch ein paar Zigaretten da. Sie konnte Lebensmittel dafür eintauschen.

Nun waren wir wieder unterwegs. Hier war es friedlich, wir konnten die Landstraßen benutzen und kamen gut vorwärts. Bei Seelze kamen wir an den Mittellandkanal. Mitten auf der Brücke hatte man das Pflaster aufgerissen. In dem Loch lag eine Sprengladung. Wie gut, daß sie noch keiner gezündet hatte. So konnten wir die Brücke benutzen und auf der anderen Seite weitergehen. Am späten Nachmittag machten wir eine Pause zum Brot- und Eieressen. Ich sagte, allzu weit könnte es nicht mehr sein, bis ich zu Hause wäre. Er versprach, mir ein paar Zigaretten für meinen Vater mitzugeben.

Plötzlich war es mit dem Frieden vorbei. Je weiter wir kamen, desto deutlicher hörten wir Gefechtslärm. Wir hatten einen Frontabschnitt vor uns. Es war nun schon ziemlich dunkel, darum konnten wir auch das Feuer gut erkennen, das in der Ferne flackerte. Als wir näher kamen, sahen wir, dass dort ein Haus brannte. Die Flammen loderten hoch auf. Auf einem Schild konnten wir lesen, daß dieses Dorf Frielingen hieß. Da packte mich eine große Freude. Frielingen - dahinter lag Bordenau und dahinter lag Poggenhagen! So nah war ich meinem Ziel!

Wir gingen an einer Viehweide entlang. Vorn am Zaun lag ein totes Pferd. Es lag auf dem Rücken, den Bauch nach oben. Seine Beine waren wie zum Galoppieren in die Luft gestreckt. Das arme Tier. Ein Opfer der Menschen, die unbedingt Krieg machen müssen. Aber warum fallen bei einem toten Pferd die Beine nicht schlaff herunter? Weiter hinten lag noch ein stiller Tierkörper. Die ersten Toten auf meinem Weg. Aber es blieben die einzigen.

Das Geschützfeuer kam aus Bordenau. Die Einschläge lagen in Frielingen. Aber ich mußte nach Bordenau! Dort mußten feindliche Truppen liegen.

Herbert Böttger war stehengeblieben. Er hatte eine andere Richtung einzuschlagen als ich, genau entgegengesetzt.

„Tja, dann muß ich jetzt dort hinüber."

Er wies auf einen grasbewachsenen Feldweg, der sich in der Dämmerung verlor. Der Weg sah ruhig und friedlich aus, und einsam.

Wir sagten nicht mehr viel. Er vergaß auch die Zigaretten für meinen Vater. Ich hätte sie so gern gehabt. Aber ich brachte es nicht fertig, ihn daran zu erinnern.

„Viel Glück weiterhin." Er reichte mir die Hand.

„Kommen Sie gut nach Bremen!"

Langsam ging er zum Feldweg hinüber, den großen Packen mit Zigaretten auf dem Rücken. Er sah sich nicht mehr um. Weiter und weiter ging er und wirkte so einsam und verloren. Seine graue Gestalt verlor sich in der Dunkelheit. Da wandte ich mich um und klopfte gleich an die nächste Haustür. Eine ältere Frau öffnete und schaute mich recht mürrisch an. Vielleicht hatte sie auch nur Angst, denn der Geschützdonner flackerte immer wieder auf. Ich fragte: „Kann ich heute Nacht hier im Haus bleiben? Morgen früh muß ich nach Bordenau rüber."

Sie ließ mich eintreten, öffnete die Tür zu einer muffigen kleinen Küche. Ein alter Mann saß auf dem Sofa, hatte den Kopf in die Hände gestützt. Ich setzte mich auf einen Stuhl, der vorm Tisch stand, und die Frau blieb abwartend an der Tür stehen. Es war eine merkwürdige Stimmung im Raum, ich fühlte mich unsicher und ganz fehl am Patz. Bloß schnell die Nacht umkriegen und dann rasch nach Hause, dachte ich. Und dann wurde ich mit einem Mal so müde. Ich legte meine Arme auf den Küchentisch und ließ meinen Kopf darauf sinken.

Da hörte ich die Stimme einer anderen Frau. Die rief in die Küche hinein: „Kommst du denn nicht in den Keller?" Ich hob meinen Kopf, riss mühsam meine Augen auf. Die Frau an der Tür sah ärgerlich aus. Sie zeigte auf ihren Mann und sagte: „Er will ja nicht in den Keller!" Und dann warf sie mir einen giftigen Blick zu und fuhr fort: „Und „sie" sitzt ja auch hier herum. Ich kann sie doch nicht mit meinem Mann allein lassen." Ich kämpfte mich mühsam durch meine Müdigkeit. Was redete die denn für einen Quatsch? Was war mit dem Mann, daß man nicht allein mit ihm bleiben konnte? Plötzlich begriff ich - das schickte sich nicht! Das war gegen die gute Sitte! Man läßt nicht einen Mann mit einem jungen Mädchen allein. Selbst dann nicht, wenn die Geschosse ums Haus fliegen. Seufzend stand ich auf, um in den Keller zu gehen. Da atmete die Frau ganz erleichtert auf. Nun konnte sie auch in den Keller gehen, wo sie sich sicherer fühlte. Im Keller saßen noch andere Leute. Irgendwie ging die Nacht vorbei. Ich hörte, wie die Leute davon sprachen, daß sich deutsche Soldaten in Frielingen festgesetzt hätten, um es zu verteidigen. Darum wurde hier geschossen, darum brannte das Haus und lagen die Tiere tot auf der Weide. Was wohl noch alles passieren würde? Vielleicht traf es auch noch Frielinger Einwohner. Da waren die Leute aus Bredenbeck besser dran gewesen, das verdankten sie allerdings dem Schnaps, der dort gebrannt wurde. Dort kamen die deutschen Soldaten gar nicht dazu, den Ort zu verteidigen, und später hörte ich, daß Poggenhagen ein ähnliches Schicksal gedroht hätte, wenn Bürgermeister

Meyer es nicht verboten hätte. Irgendwelche Nazis sollen da versucht haben, den Ort zur Verteidigung zu mobilisieren, und er hatte das strikt verboten. Das ist für ihn gefährlich gewesen, aber zum Glück gut ausgegangen.

Der Morgen kam. Ich verließ den Keller und suchte einen Weg, der aus dem Dorf hinausführte. Ich blickte über die Felder zum Wald hinüber. Hinter diesem Wald mußte Bordenau liegen. Dort mußte ich über die Leinebrücke gehen, dann eine lange Landstraße entlang, an dem Jagdhaus vorüber, das unsere erste Wohnung hier gewesen war, später dann über den Fabrikhof, und dann würde ich endlich zu Hause sein, am vierten Tag meiner Wanderschaft.

So nah war ich, so nah! Diese Freude, mit der ich den Feldweg betrat, der zum Wald hinüberführte! Und so still war es. Morgenstille, und niemand schoss. „Stehenbleiben!" donnerte eine Stimme von irgendwoher. Erschrocken blickte ich mich um. War etwa ich gemeint? Wer rief da überhaupt? „Zurück!" schrie die Stimme, und nun entdeckte ich den Rufer hinter einen großen Strohhaufen. Er lag auf dem Bauch dahinter, hielt ein Gewehr im Anschlag. Ich sah nur sein böses Gesicht unter dem Stahlhelm. Das war doch ein deutscher Soldat! Mit dem mußte man doch reden können! „Ich muss nach Bordenau rüber!" rief ich ihm zu. „Ich will nach Hause, bin schon seit drei Tagen zu Fuß unterwegs."

„Zurück!" schrie er in höchster Wut. „Sonst schieße ich Sie in den Arsch!" Ich war vollkommen fassungslos. Ich hatte dieses Wort im ganzen Leben noch nicht gebraucht, auch dort, wo ich mich aufhielt, nie gehört. Und dazu sah dieser Mensch so aus, als würde er das wirklich tun! Ich wandte mich um und ging so weit zurück, bis er mich nicht mehr sehen konnte. Zorn erfüllte mich bis obenhin. Der würde mich nicht daran hindern, nach Hause zu gehen. Es mußte ja wohl noch mehr Wege geben, die aus Frielingen hinausführten.Ich ging ein Stück die Straße entlang und kam an einen Weg, der am Rand mit Buschwerk und Apfelbäumen bewachsen war. Hier konnte ich sicher gehen, ohne von diesem Wüterich hinterm Strohhaufen entdeckt zu werden. Da entdeckte ich etwas, das mich fast verzagen ließ! In dem Buschwerk stand, gut getarnt, ein deutscher Panzer! Würden die Soldaten, die oben aus der Luke schauten, nun auch schreien: „Zurück! Oder...?"

Zögernd schritt ich auf den Panzer zu. Die beiden Soldaten lachten freundlich auf mich herunter. Ich erzählte ihnen kurz die Geschichte meiner Wanderung, und nun würde mich, so nah vorm Ziel, ihr Kamerad drüben hinter dem Strohhaufen nicht vorüberlassen.

„Das ist verständlich", erklärten sie mir. „Der hat Angst, daß Sie uns verraten." Ich war empört. Ich würde doch keine deutschen Soldaten verraten! Aber der eine Soldat meinte, das würde ganz anders aussehen, wenn einem die Pistole auf die Brust gesetzt würde.

„Was ich nicht gesehen habe, kann ich auch nicht erzählen", sagte ich. Heute frage ich mich - was sollte das alles? Die Engländer wußten doch, daß hier deutsche Soldaten lagen. Schließlich hatten die ja tüchtig zurückgeballert. Und den Panzer würden sie genauso wie ich entdecken, wenn sie von drüben herüberkamen. Was war denn da zu verraten? Wahrscheinlich war es doch später auch so gekommen. Aber in diesem Augenblick dachte ich nicht darüber nach. Der Gedanke, mir könnte jemand eine Pistole auf die Brust setzen, war mir auch noch nicht gekommen. An Gefahr hatte ich während der ganzen Wanderung keinen Augenblick gedacht. Ich hatte mir auch gar nicht vorgestellt, daß drüben in Bordenau feindliche Soldaten waren, daß ich ja notgedrungen auf sie stoßen mußte. Nichts hatte ich gedacht, der Gedanke: Nach Hause! hatte für andere Gedanken keinen Raum gelassen.

„Haben Sie schon etwas im Magen?" fragte einer der Soldaten. Ich schüttelte den Kopf. „Aber das macht nichts, ich bin ja bald zu Hause." Er reichte mir eine Flasche mit Weinbrand herunter. "Da, nehmen Sie mal einen Schluck." Die freundliche Geste mochte ich nicht zurückweisen, ich nahm einen winzigen Schluck. Da wußte ich noch nicht, daß dies bis zum späten Nachmittag das Einzige sein würde, das ich in den Magen bekam.

Mit Dank reichte ich die Flasche wieder hinauf, wünschte den beiden Soldaten alles Gute und setzte meinen Weg fort.

Da kam mit einem Mal auf einem anderen Feldweg ein Pferde-wagen dahergerasselt. Frauen und Kinder saßen darauf, Männer liefen nebenher. Sie waren in großer Eile. Die Pferde rannten, der Leiterwagen holperte durch die Schlaglöcher. Ich setzte mich in Trab, so schnell ich nur konnte mit den schweren Gummischuhen an den schmerzenden Füßen und holte die Leute ein. Sie wollten in die Wälder gehen und sich dort verstecken, bis alles vorüber war. Sie hatten sogar Kochtöpfe auf dem Wagen und Taschen und Körbe, in denen sicher Lebensmittel waren. Ich lief neben dem Wagen her und gelangte glücklich in den Wald hinein. Es führte ein breiter Weg hindurch, an dem ein Graben entlanglief. Die Leute hielten an, luden ab, was auf dem Wagen war und brachten es über den Graben in den Wald hinein. Sie sagten, ich könnte bei ihnen bleiben, bis sich die Lage entspannt hätte. Zum mindesten sollte ich warten, bis sie Kaffee gekocht hätten und eine Tasse mit ihnen trinken. Natürlich Malzkaffee, Bohnenkaffee gab es schon lange nicht mehr. Bald prasselte ein kleines Feuerchen, und sie hängten einen Kessel mit Wasser darüber. Ich hatte während dieser drei Wandertage meine Periode gehabt und mußte bei jedem "mich-in-die-Büsche-schlagen" eine Binde wechseln. So auch jetzt. Ich verschwand mit meinem Turnbeutel ein kleines Stück weiter hinter Gesträuch. Aber als ich danach auf den breiten Waldweg zurückkehrte, stockte mir der Atem. Auf diesem Weg kam ganz langsam ein englischer Jeep daher, ein Soldat saß am Steuer, sechs andere gingen Schritt für Schritt neben dem Wagen her, hielten ein Gewehr schußbereit im Arm und suchten mit wachsamen Blicken rundum den Wald ab. Sie kamen ganz lautlos, in großer Vorsicht daher. Das mußte ich unbedingt den Leuten aus Frielingen erzählen. Ich sprang über den Graben auf den Weg zurück und schaute gar nicht zurück, so, als hätte ich sie überhaupt nicht gesehen. Ich ging auch nicht schneller als gewöhnlich, spürte aber förmlich die Blicke von hinten, die mich beobachteten. Als ich die Leute erreichte, sagte ich zu den Frauen: „Die Engländer kommen hinter mir her!" Sie starrten mich an, als hätten sie gar nicht begriffen, was ich da sagte. Ich wiederholte: „Hören Sie nicht - die Engländer kommen auf diesem Weg daher!" Da schauten sie an mir vorbei, zum Weg hinüber, und dann schrieen sie auf, voll Angst und Entsetzen. Plötzlich weinten alle, riefen ihre Kinder, sprangen über den Graben und standen nun vor dem Jeep, der herangekommen war. „Hebt die Hände hoch, Kinder! Hebt die

69

Hände hoch!" rief eine der Frauen. Und dann standen sie alle da mit erhobenen Händen vor den fremden Soldaten. Ich fand diesen Anblick schlimm. Ich nahm meine Hände nicht hoch. Irgendein Trotz hinderte mich daran. Ich wartete ab, wie es weitergehen würde, stand etwas abseits. „Deutsche Soldaten?" fragten die Engländer. „Wo?" "Das wissen wir nicht!" riefen die Frauen. „Wir sind schon tagelang hier im Wald. Können wir nun wieder nach Hause gehen?" Die Engländer zuckten mit den Schultern. Falls sie die Frage verstanden hatten, konnten sie ja trotzdem nicht wissen, wieviele Kämpfe sich noch um Frielingen abspielen würden. Ich dachte:' So was hängt ja von diesem Mistkerl hinter dem Strohhaufen ab. Aber ich trat nun vor, denn meine Frage würden sie sicher beantworten können. Wieviel Englisch würde ich wohl noch zusammenkriegen? Ich sagte: „I want to go to Bordenau.."

Ich wies den Waldweg entlang, den sie gerade gekommen waren, und die Engländer nickten. Da wandte ich mich froh an die Frielinger und wünschte ihnen alles Gute. „Ich darf weitergehen", sagte ich, und das machte ich sofort. Ich wanderte den stillen Waldweg entlang, kam bald aus dem Wald heraus und sah in der Ferne schon die Häuser von Bordenau liegen. Da rief mich eine Männerstimme an: „Hallo, warten Sie doch mal!" Ich blieb stehen und sah mich suchend um. Ein Mann stand halb versteckt hinter einem Baum und winkte mir, ich sollte näher kommen. Was der wohl auf dem Herzen hatte? Ich ging hin und stand dann vor einem Mann mittleren Alters in Zivil. Der schaute mich an, als hinge sein Seelenheil von mir ab und fragte: „Würden Sie mir wohl einen Gefallen tun? Meine Eltern wohnen gleich in dem ersten Haus, wenn Sie nach Bordenau reinkommen. Da - schauen Sie - Sie können das Dach schon sehen! Würden Sie ihnen sagen; daß ich hier im Wald bin?"

Das war aber merkwürdig! „Kommen Sie doch mit!" forderte ich ihn auf. „Wir dürfen ja nach Bordenau hineingehen." Er sah ganz zerquält aus. „Ich kann nicht!" stieß er hervor. „Ich bin ja eigentlich noch Soldat, habe meine Uniform dahinten im Wald versteckt. Die Frielinger haben mir das gegeben, was ich anhabe. Ich bin einfach abgehauen, verstehen Sie? Bin noch gar nicht entlassen. Aber ... so nah an Zuhause ... da konnte ich nicht anders. Meine Kameraden erschießen mich, wenn sie mich kriegen, und die Engländer nehmen mich gefangen. Heute Abend, wenn es dunkel ist, sollen meine Eltern kommen und mich holen."

Na so was, dachte ich, es ist weit und breit kein Mensch. Er hätte ruhig mitgehen können. Heute weiß ich, daß er recht hatte mit seiner Angst. Deserteure wurden nicht mal erschossen, die eigenen Kameraden knüpften sie am nächsten Baum auf. Ich versprach ihm, bei seinen Eltern anzuklopfen, und er verschwand tiefer im Wald. Ich stellte mir vor, wie sehr diese Eltern sich freuen würden. Ihr Sohn lebte und war so nah! Ich beeilte mich ordentlich, um diese frohe Botschaft zu verkünden. Eine alte Frau öffnete mir, und ich sagte zu ihr: „Ihr Sohn ist da hinten im Wald und bittet Sie, ihn heute Abend nach Hause zu holen." Da begann die Frau zu zittern und zu weinen und rief mit kläglicher Stimme nach ihrem Mann. Hätte ich es behutsamer sagen müssen? Aber wie denn? Der alte Mann kam aus dem Keller herauf und fragte mich nach näheren Einzelheiten. Ich erzählte ihm, was ich wußte, und ging schnell weiter.

Nun durchquerte ich das ganze Dorf und erreichte die Leine-brücke. Eine kleine Gruppe englischer Soldaten stand davor. Ich wollte vorübergehen, da hielt mich einer von ihnen an. Ich hätte ihm gern erklärt, daß ich hinübergehen müßte, weil ich auf der anderen Seite wohnen würde und suchte meine englischen Vokabeln zusammen. Da fiel mir ein, vielleicht könnte er Deutsch verstehen und fragte ihn: „Do you speak german?" Er schüttelte den Kopf, lachte und fragte: „Do you speak english?" „O no", stotterte ich, „I have it forgotten." Er winkte einen Dolmetscher herbei, und dem erzählte ich nun, wie weit und wie lange ich schon gelaufen wäre, bloß, um nach Hause zu kommen. Und nun müßte ich über die Brücke.

Der Dolmetscher wandte sich an seinen Kameraden und übersetzte ihm, was er gehört hatte. Der schaute mich mit ernsten Augen an und sagte: „Poor german people."

Ich staunte! Armes deutsches Volk hatte er gesagt! Der Dolmetscher sprach nun wieder mit mir. Er sagte, kein Deutscher dürfte vor vier Uhr nachmittags die Brücke benutzen und dann auch nur für die Dauer einer Stunde. Ich war tief enttäuscht. „Warum?", fragte ich ihn. Nun, das war angeordnet worden und wurde befolgt. Ich ging zurück bis zum letzten Haus vor der Brücke. Dort stand eine Bank neben der Haustür. Hier wollte ich bis vier Uhr sitzen bleiben und mich nicht mehr von der Stelle rühren. Es war noch nicht mal Mittag. Punkt vier Uhr sprang ich von der Bank, lief zur Brücke und ging hinüber. Niemand hinderte mich daran. Auf der Brücke begegnete mir eine Radfahrerin, die aus Richtung Poggenhagen kam. Voller Freude erkannte ich Frau Thorns. Die wollte in Bordenau Brot kaufen und rief mir erstaunt entgegen: „Mädchen, wo kommst du denn her?"

Tja, aus Ballenstedt im Harz.

Eilig ging ich weiter. Da war der Acker, wo ich mit meiner Schwester mal Rüben geklaut hatte. Da lag das Jagdhaus, wo Steinmeyers gewohnt hatten, weiter unten sah ich das Dach unseres Hauses. Lang, lang war's her. Eilig, eilig weiter. Torfoleum, die Fabrik, über den Fabrikhof, an dem langen Schafstall vorbei, der später die Büroräume enthielt, in denen meine Mutter ein paar Jahre gearbeitet hatte, weiter den Weg entlang. Da stand die Wasserleitung. Der Hahn tropfte noch. Hier hatte grade jemand Wasser geholt. Nun die Siedlung, all die wohl bekannten kleinen Häuser. Bei Hermanns vorm Haus standen ein paar Leute. Ich erkannte Frau Hermann, rundlich und klein, daneben ein Mann und eine Frau. Ein sehr schlanker Mann, etwas gebeugt. „Vati!", schrie ich und begann zu laufen. Im selben Augenblick war auch ich erkannt worden. So hatte ich meinen Vater noch nie rennen sehen, er rannte, rannte - wie ein ganz junger Mann. An der Ecke stießen wir zusammen, lagen uns in den Armen. Er hielt mich ganz, ganz fest. „Mein Stüpken", sagte er. „Mein Stüpken." Das alte rheinische Kosewort. Mir gehorchte plötzlich meine Stimme nicht mehr. Kaum brachte ich die Worte heraus: „Vier Tage war ich unterwegs, es ging kein Zug mehr. Zu Fuß, Vati! Ganz zu Fuß!" Meine Mutter war meinem Vater gefolgt, meine Schwester kam angerannt, Frau Hermann hatte nasse Augen, freute sich mit uns, und vor Bernhards Haus stand meine alte Großmutter, klatschte in die Hände und rief mit lachendem Gesicht: „Da kommt meine liebe Lore! Da kommt meine liebe Lore!"

Ich war zu Hause.

Als ich die Überschuhe auszog, hatte ich um jeden Zeh einen Kranz von Blasen. Sonst hatte ich die Wanderung gut überstanden. Irgendein unsichtbarer guter Stern muß mir wohl während dieser vier Tage geleuchtet haben. Wie eine Traumwandlerin war ich nach Hause gegangen, ohne viel nachzudenken. Jemand meinte, das müßten mehr als 200 Kilometer gewesen sein. Auch mein Vater war zu Fuß nach Hause gekommen, aber schon viel früher als ich. Von Nienburg aus ging auch kein Zug mehr nach Poggenhagen. Er konnte sich ein Fahrrad besorgen und packte seine Habe darauf, auch einen großen Kanister mit schwarzem Tee. Woher er den hatte, weiß ich nicht. Vielleicht war er aus Wehrmachtsbeständen, und als das Wehrbezirkskommando aufhörte zu existieren, konnte er wohl etwas von dem Überfluss mitnehmen. Wir haben den Tee oft als Tauschmittel eingesetzt. Einmal hörten wir, daß Frau Touraine vom Ilschenhof ganz wild auf schwarzen Tee war. Da füllten wir etwas davon in einen Briefumschlag und tauschten den Tee auf dem Ilschenhof gegen Hühnerfutter ein. Als wir das später nochmal machten, sagte Frau Touraine zu mir: „Wollen Sie nicht bei mir im Garten arbeiten? Gegen Gemüse oder Holz oder auch ein Schwein?"

Ich hatte gehört, wenn man nicht arbeitet, kriegt man auch keine Lebensmittelmarken mehr. Ich willigte ein, nur für halbe Tage. Etwas Gemüse habe ich dafür bekommen, auch Holz, aber die Bäume mußten wir selber schlagen, in einer Kuhle, an einer steilen Böschung. Ein Schwein bekam ich nie.

Eines Tages kam ein junger Mann in den Garten, ein graues Hütchen auf dem Kopf, einen Drahtkorb im Arm. So habe ich meinen Mann kennengelernt.

Aber das ist ein ganz anderes Kapitel.

Etwas soll noch ergänzt werden: Nachdem wieder ruhigere Tage angebrochen waren, fuhr Hannelore mit ihrem Vater mit der Bahn nach Poppenburg und holte ihren Koffer ab, den Marie für sie aufbewahrt hatte. Zum Dank schenkte sie Marie zwei Blusen. Soweit ich weiß, brach die Verbindung danach aber ab.

Vita

Hannelore Mishal wird als Hannelore Uzarski am 9. Oktober 1924 in Mülheim/ Ruhr geboren. Die Familie zieht nach Hannover, wo Hannelore nach der Grundschule die Elisabeth-Granier-Schule, ein Mädchengymnasium, besucht. Sie ist eine gute Schülerin, besonders die Fächer Deutsch und Kunst begeistern sie. Sie malt und schreibt schon während ihrer Grundschulzeit Gedichte. Da sie auch großes Interesse am Deklamieren hat, lernt sie Rollen aus Dramen auswendig. Neben ihren Berufswunsch „Malerin und Dichterin" tritt als weitere Möglichkeit „Schauspielerin." Das alles rückt durch den beginnenden 2. Weltkrieg in den Hintergrund. Die Familie zieht in das Dorf Poggenhagen, etwa 25 km vor Hannover. Sie besucht die Scharnhorst-Schule in Wunstorf, muss diese aber bald verlassen, weil sie Aufgaben im Haushalt übernehmen muss. 1936 wird ihre Schwester Margrit geboren, Mutter und Vater sind berufstätig, das Leben während der Kriegszeit ist anstrengend und erfordert den vollen Einsatz: Brennmaterial und Futter für die Tiere besorgen, Lebensmittel beschaffen. 1944 übernimmt Hannelores Mutter wieder. Auf eine Annonce hin bewirbt sich Hannelore für eine Ausbildung als technische Zeichnerin bei der Flugzeugfirma Junkers. Sie zieht nach Ballenstedt am Harz.

Dort wird sie vom Kriegsende überrascht und macht sich, teilweise zu Fuß, auf den 200 km langen Heimweg, vorbei an den vorrückenden amerikanischen Truppen.

Nach dem Krieg arbeitet sie auf einem Gutshof bei Poggenhagen. Dort lernt sie Paul Mishal kennen, der im Garten beschäftigt ist. Die beiden heiraten 1947, bauen zunächst auf einem Moorgrundstück in Poggenhagen ein kleines Haus. 1948 und 1951 werden zwei Kinder geboren, Hartwig und Heide. 1957 zieht die Familie berufsbedingt nach Holzminden. Hannelore ist Hausfrau. Ihre beruflichen Träume haben sich nicht erfüllt. 1959 wird der Sohn Holger geboren.

Ab 1980 beginnt Hannelore, Kinderbücher zu schreiben. „Wir vom Fasanenflug“, „Fritzchen und die Flaschengeister“ oder „Wurzelmax weiß Rat“ finden auch einen Verlag. Ihr gelingt es in den Geschichten, die Welt aus der Perspektive der Kinder zu betrachten.

Als ihr Sohn Holger nach Kalifornien zieht, besucht sie ihn dort mehrmals. Zuletzt gemeinsam mit ihrem Mann Paul, der in Kalifornien stirbt. Hannelore schreibt eine Reihe von Gedichten, um den Verlust zu verarbeiten. Sie kombiniert diese Gedichte mit denen, die sie schrieb, als sie Paul kennen lernte, und gibt sie heraus unter dem Titel: „Ich singe leis ein Liebeslied.“(BoD)

Sie zieht in die Nähe ihres Sohnes Hartwig und ihrer Schwiegertochter Brita, nach Meesiger in Mecklenburg-Vorpommern. Nun lebt sie wieder auf dem Land, wie damals in Poggenhagen, mit Katzen und Laufenten. Als eine dieser Enten zu spät schlüpft und den Anschluss an ihre Gruppe nicht mehr findet, übernimmt Hannelore die Patenschaft. Die Ente ist auf sie geprägt und ist ständig in ihrer Nähe. Aus dieser Beziehung entsteht ein letztes Buch: Benedikte oder das Jahr der Ente.

Im Jahr 2017 zieht Hannelore in ein Pflegeheim in Demmin. Dort stirbt sie 2021 mit fast 97 Jahren.